亲历

Guillaume Bailly

Mes sincères condoléances

Les plus belles perles d'enterrements

笑着告别
法国殡葬师
另类回忆录

〔法〕纪尧姆·巴伊 著

李苑菲 译

上海文艺出版社

殡葬师这行看不到任何前途,
因为没有回头客。

——莱昂-保罗·拉法格[1]

---

[1] Léon-Paul Lafargue(1876—1947),法国诗人、作家。(本书注释无特别说明均为译注。)

致 谢

本书能够得到广大读者的青睐令我十分欣喜,但也着实出乎意料,毕竟这本书的内容有点晦气。

您可能读过一些历史书籍,这些书可以丰富您对于世界文明的认知,了解推动社会演变至今的复杂历史变迁;您可能读过几本旅游书籍,通过它们您游历了奇妙的大千世界;您可能喜欢读言情小说,小说主人公甜蜜地邂逅,最终儿女满堂,又或许最后分手,但依旧留有对彼此的美好回忆;或许您喜欢侦探悬疑小说,寡言少语的警察抓住罪犯并重新寻回生活的意义,等等,等等。

然而,本书讲的却是当生命吹响终场哨,也就是当您再也不能读那些书,或是忙其他事,当工作、休息,甚至连表达爱意、喜怒哀乐都难以为继的时候,殡葬师将如何处理您的尸体。

本书原先可能根本无法问世。直到那天,Opportun出版社社长兼编辑斯特凡·沙伯纳(Stéphane Chabenat)致电《殡葬信息》(*Funéraire Info*)网站负责人埃里克·福沃(Éric Fauveau)了解殡葬文学的情况,书稿的命运发生了转变。斯特凡对殡葬文学有着浓厚的兴趣,一直想出版一部相关书籍。就快挂上电话的时候,斯特凡说:"万一哪天您知道谁有这方面的书稿……"一直等待时机想要把我推出的埃里克马上截住话头:"巧得很,我正好有一名员工……"

的确,书如人生,有时需要些机缘巧合。感谢斯特凡有此一问,感谢埃里克有此一答。

经常有人对我说:"那些天人人都在谈你的书,你应该特别幸福吧。"事实上并非如此,原因很简单,因为连续几周我都像在云里雾里,恍恍惚惚的。走在街上,人们会认出我。虽然我对这种感觉并不太陌生,但如今被认出的原因却和以往不同。人们不再说"看,这就是给吕赛特阿姨下葬的人",而会说"您是写殡葬师那本书的人吧?"我第一次被指认为作家——绝非编造——是在墓地。

我原先拿不准同事们会如何反应,有些忐忑,但很快我就放下了担忧。不光因为他们很多人觉得故事还原了自己,还因为人们给予这本书的正面评价,以及由此给予我们这个职业的积极评价,我想,那让他们很开心。在此,我也要感谢他们,特别是那些向我分享自己故事的同事们。

当然,本书也可能让有些人感到不悦。对此,我深表歉意。我想向扎齐(Zazie)、帕斯卡·奥比斯波(Pascal Obispo)、皮埃尔·亚科内利(Pierre Jaconelli)和强尼·哈里戴（Johnny Hallyday）致歉。他们的歌《点火》（*Allumer le feu*）[1]不经意间成了一则趣闻的主角，几乎所有跟我谈论此书的读者都提到了这一段。我想强调的是，《点火》是且永远是一首好歌，对活着的人来说亦是如此。

但最重要的，在狂怒的编辑来提醒我序言不能比正文更长之前，是向读者致谢。感谢所有选择拿起这本书的人，感谢所有愿意花费时间去阅读它的人。不管别人如何评说、断言、宣称，我总是坚信所有将文字形诸纸笔的人都希望自己的作品能够被人阅读。而你们助我梦想成真，并远超预期。

感谢您，读者朋友。

---

1 这首歌由法国音乐人扎齐作词，奥比斯波、亚科内利作曲，哈里戴演唱。

初版序

人们时常问我，入了这一行会碰上些什么情况。以下的回答虽不是真事，但里面所有元素都来自真实经历，只有某杀纯属幻想……

太棒了！凭着您刚刚获得的殡葬顾问从业资格证，您实现了劳动市场上所有年轻毕业生的梦想，捧起了人人梦寐以求的圣杯：某家殡仪馆的长期工作合同。

现在是周五的晚上。您刚刚结束入行第一周的工作，深感疲惫，正准备去朋友家参加聚会……

给您的第一个建议：如果您不想惹麻烦，请闭紧嘴巴，保持沉默。一旦您开口透露了您的职业，您将被一群寄生虫般的八卦人士死死纠缠。这些人心里只有一个想法：过一个开心的夜晚，就算毁了您的周五之夜也无妨。

但您没能坚持住。两杯陈年威士忌下肚，您的防线彻底崩溃。之前，您谎称自己从事天体物理学研究，但是没承想，坐在您旁边的偏偏是个中学数学老师。他执意要跟您讨论量子理论在木星卫星轨道季节性变化分析中的应用。无奈，您只得向他坦白自己撒了谎，您的真实职业是殡葬师。

错误道路上的第一步：您的反应要么让他人误以为您对自己的职业感到自卑，要么觉得您的工作实在可怕，因而难以启齿。

您得有思想准备——一定会有一个人，通常是位女性，高声大叫："殡葬师，真的吗？就像美剧《六尺之下》（*Six Feet Under*）里那样吗？彼得·克劳斯（Peter Krause）太帅了！"您在随后一小时里要做的事情已基本确定：耐心地听她唠叨她喜欢的各集剧情以及一长串关于该职业的那些老掉牙的奇怪偏见，而您还得时不时地给所有人解释实际情况并非如此，殡葬师不做这个那个，或者不像剧集里演的那样做。如果您没看过《六尺之下》，或者更糟，您压根不喜欢这部剧，那么您就能体会到在宗教裁判所受审的心情。一个不喜欢《六尺之下》的殡葬师无疑将被该剧的粉丝质疑其工作能力，然而粉丝并不会意识到那只是一部考证相对严谨的通俗电视剧而已。

借着去屋外抽烟的由头——这家的女主人强调一定要去外面抽烟——您暂时摆脱了《六尺之下》的这位狂热女粉丝。处理尸体的事情待会儿再说吧。

抽烟回来，您还是休想脱身，总会有一个人重启话题："您应该会有很多故事可以讲一讲吧？"是的，虽然您只工作了一周，但的确发生了很多事情。在您思索之时，女主人端来一盘卖相诱人的烤肉，男主人则端上家中自制的土豆饼。一边上菜，一边有人问："你们怎么给尸体做防腐（embaumement）？"

这下，您彻底打开了话匣子。您先打趣说他问的是"古法防腐"，做这种防腐需要一台时光机回到过去——这并不完全准确，然而今晚喝的是瓶好酒，借着酒劲儿，您一时兴起想要咬文嚼字一回。玩笑过后，您开始讲述尸体防腐处理（thanatopraxie）的细节。[1]埋着头，您一边切着盘中生熟适中、味道鲜美的烤肉，一边解释遗体防腐师如何通过动脉灌注尸体防腐剂；您一边浇酱汁，一边展示套管针的用法；吃着口味略嫌寡淡的土豆饼，您滔滔不绝地介绍起嘴部缝合相较于胶水粘合的优势。吃完盘中的餐食，您想看看是否还有剩余的烤肉可以再添点。一抬眼，您惊讶地发现，不仅烤肉所余颇丰，而且其他客人几乎都没怎么动刀叉。他们平日里定是吃了太多的垃圾食品，遇到真正的美食反而不懂欣赏了。

吃餐后甜点时，您被排挤到了桌子另一头，跟唯一一个还乐意同您讲话的邻座聊着。他是个学心理学的学生，前不久刚刚结束了在某个道场的闭关清修，您并未记住那个修会的名字。

他要么会把关于哀悼的心理机制的课程全部给您背一

---

[1] 以上两种"防腐"的具体区别见P.44。

遍，要么会巨细靡遗、颠三倒四地教您怎样做好您的工作。到了咖啡时间，他又会问及一些他以为在您工作中常见的超自然现象。当您向他解释"不，没有这类事"，他震惊的样子就好像您承认自己跟他外婆有一腿那样。他还不死心，继续缠着您："什么都没有？这也正常，我感觉你天生就抵触超自然现象。不想看见的人永远看不到。你的头脑也太封闭了！"

此时您需要到院子里再抽根烟了。

您告辞而去，隐约感觉近期不会再受到邀请。很遗憾，聚会的饭菜美味可口，但聚会的人却如此讨人厌。下次一定要编个平常点的职业。选哪个呢？您甚至不能说自己是超市收银员，有人基于这个职业写过畅销书。或许，书商这个职业行得通。鉴于当前的阅读热潮，应该不会有人来招惹您。或者以攻为守，您可以直截了当地告诉他们，您从来不在工作以外的时间谈论工作，否则他们得付费。接下来只要处理掉《六尺之下》女粉丝和超自然心理学家的尸体就行了——殡葬师，那可是一个每周7天24小时全天候在线的活啊。

目录

致谢	1
初版序	1
调整妥当	2
拥抱	4
永远的布列塔尼	6
求职面试	8
死亡证明，或与死者的私下约定	10
在超市	12
送殡葬师什么圣诞礼物好？	15
一只手的告别	18
名声在外	21
寻人启事	23
墨菲定律	28
小酒暖人心	31
坏名声	34
殡葬师备忘录（机密）	35
安保工作	38
没有信号	40
无论如何，葬礼不可先于死亡	42
谨防电话骗局	45
死也不吃亏	47
糟糕的规划	50
狗样的人生	53
喂，灵车，你有空吗？	57
铭记历史的义务	59
酒后吐真言	62
欢迎来到……	65

日程问题	67
可恶的手钻	69
维和行动	71
歪打正着	75
三千万朋友	77
违章泊车	82
"冒着烟"的理由	84
担忧	86
汪汪的葬礼	87
致命诱惑	90
小路	92
搞错了	96
一首哀伤的小调	97
人权	99
自焚	100
滑稽剧	101
乱七八糟！	103
搞错人了	106
羞耻	107
黑与白	108
失声的话筒	109
失重	112
没有未来	117
性高潮	124
我叫海默，阿尔茨·海默	126
埃里克	129
色情故事	132
名片	134

竖中指	136
傻人有傻福	139
职业病	143
为死亡配乐	149
警方征调	151
高压电	154
大小问题	158
叩门的，就给他开门	159
小费	162
出难题	165
"特别"	167
信仰的指南针	173
大喜之日	176
没落下任何东西？	179
坠机	181
冥河大桥	184
地缘政治问题	187
量身定做	191
当断则断	192
做奶奶的艺术	196
在监视之下	200
预防交通事故	203
蕾妮	205
阿尔伯特	206
救急的卫生棉条	208
说好的奢华、平静和永恒呢？	212
捉迷藏	215
乔	216

迟到	221
站得越高，摔得越狠	224
菲利普	226
五毫米	229
独居	232
木乃伊	234
欲盖弥彰	237
大侦探波罗	239
圣诞快乐	241
方奇和蒂·让的故事	244
火辣辣	247
弗朗索瓦	248
政治不正确	250
欣喜	255
毁于一旦	258
敞开的窗户	259
卫星电视	261
即将失业	264
何为智者？	265
专车之旅	267
瞧见没？	271
五分钟见分晓	273
不可告人的爱好	275
迷失的灵魂	276
着装要求	278
倒打一耙	280

您知道吗?

殡葬师
Croque-mort

如您所知,民间认为,从前,殡葬人员为了检验客户是否真正死亡,会用力啃咬尸体的大脚趾,没有反应即是死透的证明,由此形成了法语中"殡葬师"一词:croque-mort(由表示"啃咬"的动词croquer的变位形式croque和表示"死人"的名词mort构成,直译:啃死徒)。

事实上,croque-mort一词另有来源。13世纪,欧洲爆发鼠疫,遇难者的尸体都被扔在街上。各地于是采取措施,招募乞丐(或囚犯,此处历史记载不详),酬以微薪(对囚犯则赦免罪行),派他们上街清理尸体,集中运至乱葬岗埋葬。

为防止自己被传染,清理尸体的人把屠夫搬肉所用的钩子绑在长棍上钩拖尸体。当时人们取动词croquer的一项古义"使……消失"称他们"清除死人"。随着时间的推移及句法的演变,最终定格成croque-mort一词,指殡葬师。

调整妥当

殡仪馆馆长立刻注意到一位女士：死者遗体刚刚运到，一众死者家属中，她的大嗓门和一成不变的挑剔语气使她格外引人注目。她抱怨着一切：殡仪馆提供的咖啡不好喝；死者的儿子，也就是这位女士的哥哥，穿着牛仔裤就来了，一点都不庄重；告别大厅路标不明、光线太暗……总之，她对一切都不满意，看谁都不顺眼。

当殡葬师看到这位女士朝他走来时，他心里明白，现在轮到他了。

"妈妈躺得太低了。"她低声抱怨。

这位母亲躺在带制冷功能的灵床上。殡葬师向女士示意死者的头下已经垫上了枕头。她希望再高一些？没问题。殡葬师把家属请出告别大厅。然后，他在遗体头部下面又垫了一个枕头。整理完毕，他请家属再次进入。

"还是太低了。"女士不满地埋怨道。

殡葬师再次请出家属，又在遗体头部下方加了一个颈托，再次请回家属……

"还是太低。"

于是家属又被请到厅外等候。这一次，殡葬师实在不知道还可以怎么改善，只得在死者头部下面再塞一个空的福尔马林瓶，然后，再次请入家属……

"可这也太高了吧！"

这位殡葬师非常有耐心。他对女士笑了笑，说："哦，我明白了。女士，我现在明白您的意思了。"

"真明白了？"她问。

"是的。请再给我点时间，我来调整。"

家属再次离开，再次进入。

"终于调整好了！"抱怨连连的女士终于满意了。

"女士，您觉得这样可以吗？您可以从这边看一下，这样行吗？"

"是的，我看到了，您在她的头下面放了一个枕头，对吗？"

"是的，女士。我又调回了最初的高度。您看到了吗？我理解了您的想法。"

之后，直到葬礼结束，女士再也没有说话。

拥抱

下面这个故事是2014年法国里昂殡仪展上一位参展商向我讲述的，感谢他的分享。

故事的主人公原先在警察局工作。几年之后，他决定做一名殡葬师，投身殡仪行业，因为家里刚好有亲戚在这行。他在获得了执业证书后立刻买下了法国南部的一家殡仪公司。

没过多久他就发现，本地主顾特别喜欢肢体接触。男人喜欢在握手的同时把另外一只手搭在对方肩上；女人则跟你行贴面礼，就算是第一次见面也像认识了二十年的老友一般亲密。所有人都会本能地抓住身边能抓住的手和臂膀。我们的殡葬师既爱南方的阳光灿烂，也爱那里热情的居民，他接受了现实：这是一个充满抚摸的世界！

一天，殡仪馆迎来了一家人，他们来为过世的爷爷安排殡葬事宜。生意很快谈妥，一眨眼就到了出殡的日子。殡仪大厅里，殡葬师陪着逝者家属监督起灵；搬运人员在遗体旁忙碌着，气氛肃穆。

突然，逝者的孙子轻轻拍了一下殡葬师的肩膀。殡葬师不想打破这肃穆的气氛，于是悄悄地向男孩侧过身去，想听他有何吩咐。但是男孩一言不发。困惑的殡葬师直起身子,示意注意到这异常情况并停下手上工作的搬运人员继续工作。

男孩又轻轻拍了一下殡葬师的肩膀。殡葬师又向他侧过去,这一次男孩还是什么都没说。殡葬师再一次站直身体,用严厉的目光示意搬运人员继续,因为他们脸上露出了幸灾乐祸看笑话的诡异笑容。

男孩第三次拍打殡葬师的肩膀。这一次殡葬师真沉不住气了,他不知道男孩到底想干什么。突然,他灵光一闪:"该死,一定是的!他想要一个拥抱!"于是他立刻转身抱住了男孩。

但他很快便意识到,自己好像犯了一个错误,当事人的反应也证实了他的想法。男孩一边反抗,一边大喊:"我不是这意思!"

结果,窘迫的殡葬师红着脸主持了整个送葬仪式,同时还得忍受搬运工们嘲讽的目光。但他的煎熬远远没有停止。男孩还是一名志愿消防急救员,他与殡葬师后来多次在不同的死亡现场相遇。每一次,他们除了尴尬地互道"您好"之外再无话讲。

故事到这里结束了。您可能会问,男孩到底想干什么。我向这位殡葬师提出了同样的问题。他的回答非常明确:"我感到非常尴尬,所以从来没敢问他这个问题。"

永远的布列塔尼

教堂里挤满了人。

这里的大部分人我都认识,这种认识并非是与他们有私人关系,而是我单方面通过一些出版物或网站,知道他们长什么样,叫什么,为人如何。总之,我知道他们是谁,而且更重要的是,我知道他们是干什么的,知道他们每天起床是为了什么而忙碌。

为了他们的信仰、他们的事业、他们的斗争。

今天下葬送别的是这个群体中最有声望的人之一。他是一位领袖,一位学者,一位带头人。他被一些人当成楷模、偶像。他从未怀疑,从未停手,从未放下武器;他形成了自己的理论,并且无论代价如何,一直以身作则,努力践行。

我们把鲜花摆放在祭台上,尽最大的努力准备葬礼,希望一切尽善尽美。

刚刚,我们已与葬礼司仪一起把棺材架摆放好,稍后搬运人员会将灵柩安放在上面。我们也已跟逝者家属确认了鲜花摆放的位置,有些要放在棺材上,有些要放在棺材周围。我们现在要到教堂中殿,与逝者遗体一起进入仪式现场。

我悄悄环顾四周,人们聊得正起劲。但我知道,看到我们走过,他们会明白这是灵柩即将入场的信号,会逐渐安静下来。

就在这时,意想不到的事发生了。葬礼司仪的一句话,仅仅一句话,就把人们原本集中在灵柩上的注意力给转移了。

估计司仪本想借此给自己打气,他知道今天这样的仪式对树立殡仪馆良好的形象非常重要。他刚到布列塔尼不久,此前一直在巴黎工作,积累了一些工作经验。他在巴黎圣母院主持过葬礼,还主持过犹太教徒、佛教徒的葬礼,以及十来场其他冷门宗教教徒的葬礼,有几场甚至被认为是无法完成的任务,而且全在首都的高档社区。可以说他习惯了高端客户,但接手下布列塔尼地区的客户还是第一次。于是他——也不知他为何突然心血来潮——决定对在座所有人采用正向心理暗示。我猜想,这可能既是为了让他自己免于紧张,又是为了缓解逝者亲属的痛苦。我们刚在中殿中央站好,就听他用洪亮的嗓音宣布:

"我们将呈现一场美丽的仪式,就像在巴黎一样。"

我懵了,心跳似乎也停了一拍。我感觉自己正变得面无血色,心里嘀咕:他真的说出了这句话吗?是的,他说了。我安慰自己,也许只有我听到了。但这只是我不切实际的幻想,他的嗓音已飘向四面八方。况且,他之所以说这句话,就是想要人们听到。

司仪对此无知无觉。他走在教堂中殿过道上,完全没有注意到,此刻,上千双布列塔尼极端民族主义者的眼睛向他投来了仇恨的目光。

求职面试

这个求职者自发寄来了简历,并附上了一封热情洋溢的求职信。殡葬公司负责人赫尔维决定给此人一个面试机会,毕竟对他来说多雇佣一些员工并不算奢侈,更何况这位求职者态度甚是积极。

但有一件事让赫尔维很好奇:除了极个别例外,大多数人进入殡葬行业都是出于偶然。精神正常的人不会某天早晨醒来突发奇想:我想要成为一名殡葬师。

赫尔维决定一探究竟。

面试的第一道环节进展顺利,求职者的背景非常不错,他过往的经历似乎也可以证明他能够胜任遗体接运工作,不过他对防腐遗容化妆师所需的技能知之甚少。这本身没什么大问题,只是让面试官对他的工作动机更加好奇。

赫尔维开门见山直接发问,求职者淡定地回答他有足够的积极性,将会快速学习并适应这一职业。不错的回答,但赫尔维咬住不放:

"可是,整日与尸体相处,清理尸体,这些您都不介意吗?"

"不,完全不介意。"求职者答道,"你们要清理尸体吗?"

"当然。"

"在哪儿清理？"求职者问。

"这不一定。通常在工作间。"

"是一个封闭的房间吗？"

"当然。"

"那这时是一个人面对尸体吗？"

"是的，绝大多数情况下，我们都是一个人来处理尸体。"赫尔维回答。

此刻，他心里警惕的小警钟已经敲响。

"那尸体呢，它是裸着的？全裸吗？"

"是的……"

"那么，会有一个东西，例如指示牌，提醒其他人'目前工作间内正在清理尸体，请勿打扰'吗？我们可以把自己反锁在里面吗？"

此刻，求职者的神情发生了微妙的变化，他不再泰然自若，脸上甚至露出了些许卑劣下流的诡异笑容。此时在赫尔维脑海中，警钟的声音越来越响，他甚至已经无法听到求职者向他提出的问题，他的思绪完全被那些恐怖的画面缠绕。

"好的，感谢您参加面试。有消息我们会通过邮件跟您联系。"

死亡证明,或
与死者的私下约定

    这是一个周五的晚上,养老院的主治医生准备回家过周末。经他高调宣扬,周末他要去钓鱼的事情已是人尽皆知,就算他是十里八乡唯一的医生也不管,他决不会让自己被琐事打乱计划。但是,护士长强烈阻拦,不让他走。

    "医生,舒比埃女士真的已经到了最后时刻了。"

    "听我说,我周末要去钓鱼。舒比埃女士会撑到周一再过世的。说正经的,我周一一回来就会填好所有文件。"

    "但是,医生,您很清楚,如果没有死亡证明,殡仪馆不会来人处理的,这是法律规定啊。"

    "天啊,规定,规定!好吧,那就这么办。"医生一边说着,一边拿出一张空白的死亡医学证明,签字盖章后放在了办公桌上。

    "我知道这里有很多迷信的人,因此我没写死者姓名,也没写其他内容。如果舒比埃女士去世了,您就把这份证明填写完整,在这里打个勾。务必注意,这张证明可千万不能弄丢,不然的话我们会惹大麻烦上身的。您去忙吧,我溜了,祝您周末快乐!"

注：死亡医学证明，在法国又称为"蓝色文件"（这种叫法或许已经可以帮助您猜出这份文件的颜色了），是一份用于开展一切殡葬手续的文件。换句话说，这份文件非常重要，只有医生判定死亡之后才能填写，并且需要指出死因，以供相关政府部门统计汇总。最关键的是，医生必须标明从法医学角度是否有值得注意的迹象。

老生常谈

"那么你在殡仪馆工作？"

"是的。"

"那么……那么……你确实见过死人了？"

在超市

他在停车场转了好几圈，终于找到一个停车位。他锁了车，朝超市入口走去，他发现超市摆放手推车的位置都空了。其实，他并不需要手推车，只是由此可以推断超市里购物的人很多。

刚才他正要下班的时候，太太给他打电话交代了很多事情，这也的确是他太太的作风。

"我刚刚在想，如果你喜欢的话，今晚我们可以摊薄饼吃。"

当然喜欢，薄饼是他最爱吃的食物。

"好啊。我想吃，孩子们应该也是。"

既然每个人都喜欢吃，那的确是不错的选择。

"我发现家里没有鸡蛋了。如果你方便的话，买一些回来好吗？啊，还有香肠和苹果酒，这些也都没有了！"

他早该料到妻子打的是什么算盘。太太很清楚他作为一个布列塔尼人非常喜欢薄饼。所以如果食材齐全，她连问也不会问，会直接决定做薄饼，因为她知道丈夫肯定喜欢。

而太太没有亲自去超市采购的原因也非常简单：这是月初一个周五的晚上。通常人们准备过周末，加上工资刚刚到账，往往会大规模采购，把冰箱填满。所以这一天超市一定人满为患。但对超市经理来说，今天肯定是最好的日子。他这样想着。

他拿着购物篮，先走到熟食专柜拿了香肠，接着在酒类货架上拿了苹果酒，最后去拿了些鸡蛋。

东西拿齐，他走向收银台准备付款。不出所料，排队付款的人非常多。连那个为购买10件以下商品顾客专设的快速收银台也挤满了人。收银员正忙着向一位退休老人反复解释她不能在此结账付款。尽管没数，但她确定老太太装满各种食物的推车里绝不止十件商品。双方就这样无休止地吵着。收银员照章办事，坚决不肯让步。

"你！"

突然传来一声叫喊，声音穿透了偌大的超市。

"你！"

发出叫喊的是一位身材瘦小、看不出年龄的女士。她面部憔悴，一头散乱的灰色短发，此时正死死地盯着他。而他，下意识地紧紧抓住手中装满鸡蛋、苹果酒和香肠的购物篮，琢磨着这个女人到底为何这样对他。他们之前在哪里见过吗？他眼前不断闪过不同的面孔。

"他！"女人又喊道，她希望引起人群的注意，"这个男的，他杀死了我的孩子！他是个杀人犯！"

女人开始抽泣。

"他杀死了我的孩子！"

他愣住了。听到尖叫，人群朝他围了上来。一个杀害儿童的罪犯？不知不觉，商场中的妈妈带着孩子躲到了远处，而父亲们围了上来，向他投来充满敌意的目光。没人知道究竟发生过什么事情，但所有人都已经准备好要处死这个变态的杀人犯。在他们看来，眼前这个人就是杀人犯，毋庸置疑。

看到保安走过来，他终于松了口气。保安后面跟着三个穿着制服的警察。怎么会有警察？原来，刚好有一组警员在此办案，听说有人在超市收银台指认出一个杀害儿童的罪犯，他们即刻赶了过来。

警察费了九牛二虎之力安抚围观群众。好不容易人群稍稍安静些了，他们问那位女士，她是否指控这个男的杀害了自己的孩子。

"是的！他毁了我的宝宝。"女人几近崩溃，泣不成声。

男人是否明白她的指控？

"是的，我想我明白。"

现场完全安静了。这个回答出乎所有人的意料，他竟然没有否认。此时，他脸色苍白，局促不安。他证实了女士的话，然后解释说：

"我在火葬场工作，我想我大概处理过这位女士孩子的遗体。"

女人蜷缩在角落，声音已经哽咽。她清楚地记得他：是他火化了她的孩子。

最终，这位女士被急救员送到了精神病院。

他则回到了家中。

几年后，他在火葬场向我讲述了这件事。我从来没想过问他，他离开超市的时候，是否带走了购买的鸡蛋、苹果酒和香肠。

但我觉得答案似乎是否定的。

我们很容易就能想象从此以后他在吃香肠薄饼的时候会想到什么；我们也能猜得到，薄饼大概不再是他喜欢的食物了。

送殡葬师什么圣诞礼物好？

真是受不了！您那个曾经把头发染成玫红色、整天读乔罕[1]那些怀疑论和虚无主义书籍、追捧英国The Cure乐队、仿照乐队主唱罗伯特·史密斯把头发弄得跟蜘蛛网一样、性格叛逆的妹妹，竟然决定结婚了！简言之，她决定成家稳定下来，规规矩矩过日子了。为此，她甚至接受了一份银行的工作——从前，她可是把卡尔·马克思的著作当成睡前读物读给她的侄子、也就是您的儿子听的。虽然这些改变让您感到欣慰，但您还是不免有一丝担忧。这不，您妹妹来了，准备向家人介绍自己的未婚夫和新工作。第一个让人震惊的消息：她居然要当交易员了！

所以，您的期待落到了陪她一起来的年轻男子身上。你们的父母已经被他吸引住了。他彬彬有礼，落落大方。小伙温柔的目光和优雅自然的举止让您的母亲喜不自禁；小伙真诚的目光和坚定有力的握手让您的父亲赞赏有加。喝餐前酒时，您母亲忍不住开口问出了那个她一直想问的问题："您做什么工作？"小伙回答："伯母，我在殡仪馆工作。"

天啊！又一个让人震惊的消息。但小伙面不改色。

---

[1] Emil Cioran（1911—1995），又译萧沆、齐奥朗，罗马尼亚旅法哲学家、作家。

晚餐进展得还算顺利。小伙努力向大家解释自己的工作，着重强调它的重要意义，尽量避免提及工作中那些可怕细节，哪怕您的母亲一直有所顾虑："但是如果人已经死了很久了，又或者尸体被扔在火车下面，那应该很恐怖吧，不是吗？不不不，我不想听……是不是？"晚餐过程中，您妹妹那爱恋的目光比任何长篇告白更能说明她内心是多么渴望眼前这位殡葬师亲手为她戴上结婚戒指，对于小伙来说，似乎也是这样。

晚餐后，这对年轻人离开了。您跟妻子、父母交换了一下眼神。您的父亲先开口，用一句话恰当地总结了今天的情形："好吧，这么说家里要多一位殡葬师了。"

而您的母亲很是为难："我们该给殡葬师准备什么圣诞礼物？"

故事讲这里，请允许我打断一下。我想告诉您哪些东西是不能送的。这样，您就可以使用排除法去选择了。

首先是领带。除非是在一些很私人的场合，比如说小女儿的生日，而且得是她五岁之前的生日会上，否则没人想戴一条史努比的领带。试想，一位殡葬师戴着一条很滑稽的领带坐在死者家属面前，家属们瞪着眼睛盯着这件配饰，心中一定会想："他把我们当傻瓜吗，还是说他是个白痴？"请注意，我不是专跟史努比过不去，换成查理·布朗、兔八哥或者米老鼠，也会有同样的问题。

另一些不宜送给殡葬师的物品……其实您会明白，殡葬师跟您、跟我（我也是一位殡葬师，但关键不在这里）一样，都是人，他也十分渴望回到家中，亲吻、拥抱他的妻子，陪伴孩子们玩耍，和他的爱犬一起散步。他也得量入为出，也得时常关注每桶石油的价格，也会跟大多数人一样考虑到今年没可能换新车，于是决定让他的车子再多跑两万公里……而您，您有意慷慨大方一次，决定送他纯金的领带夹和珍珠袖扣。但是，在什么场合殡葬师可以佩戴它们呢？工作之外，他基本都穿休闲装。所以只有在工作中，他才会佩戴领带夹和袖扣。试想，当死者家属注意到殡葬师的这些奢华昂贵的饰品，并嘲讽"真不错，这都是靠别人的痛苦赚来的钱啊！"，殡葬师会是何种心情？当然，我有些夸大其词，通常家属不会这样说，但这并不代表他们不会这样想。

所以，请为殡葬师着想。他爱他的妻子和孩子（当然也有可能是爱她的丈夫和孩子），他喜欢他的狗、仓鼠，关心着他的家人和朋友。他跟所有人一样，也有一颗跳动的小心脏。他一生都在把逝去的人装进棺材，丧失亲友的痛苦、不安，以及各种惊悚的细节是他工作的日常。平安夜，他带着过节的心回家，期盼有那么一瞬间，他可以欢度圣诞，看到孩子们发自内心的快乐以及节日灯带发出的闪烁光芒。他很想借着节日的氛围把负面情绪一股脑地抛开。如果他拆开礼物的包装，看到您亲自为他挑选的玩意，巧克力也好，酒也罢，装在让您"一下就想到他"的棺材形状的礼盒里，如果他在这时表现得比较冷漠，请不要追究缘由，因为在这时候，他其实一点不想再想起他的工作。

一只手的告别

男子死在一个救济所里,那里收容的都是状态极差的流浪汉。酒精的戕害,再加上失业的打击,足以让任何人走向死亡的黑暗深渊。

救济所负责人发现他之前,他已经这样子待了一周。他的身体夹在床和墙之间,双膝跪地,脸杵在地上。他应该是从床上掉下来的时候被卡在了里面。

那几天都是晴热天气,死者所在位置每天都会受到午后阳光暴晒,身体的姿势则使血液向头部汇集,导致结果甚是惨烈。尸体已经发黑、肿胀,面部也已无法辨认。

整具尸体只有一只手,右手,相对干净无损。当然,已经失去了血色,但没有变黑,也没有溃烂。看上去像是属于一具昨晚刚死而不是死于一周前的躯体。

尸体被运往殡仪馆,放入冷藏柜,以待警方找到家属处理后事。

死者家属当天下午就赶到了,他的两个女儿,以及其中一个的丈夫。和我一起去处理现场的殡葬顾问吉尔接待了他们。葬礼筹备工作开始了。

过了一会儿,我正在殡仪大厅里给桌子消毒,吉尔朝我走过来，神情有些担忧。

"得让家属和遗体告别。"他单刀直入地说。

"不，这不可能。"

"我们只能这样做。"吉尔简洁明了地回答。

"不，我们可以不这样做。尸体已经发黑、肿胀，这些你都清楚，你见过尸体。你说，这样的尸体如何给家属看！"

"听我说。这具尸体不用送法医解剖。死亡证明上，医生也没有勾选'立刻入殓'或'死于传染性疾病'这两项。所以从法律层面上讲，它就跟一具今早刚刚死亡的尸体一样'干净'。我们没有任何权力阻止家属瞻仰遗容，而且那两个女儿一看就不是好说话的人！"

"整具尸体能展示的只有那只手。"

"那就只给家属看那只手好了。她们可以最后一次握住父亲的手，她们会理解的，我来跟她们说。你这边需要多长时间准备？"

"十分钟左右吧。"

"那好，准备好了就把家属叫过来吧。"

事情就这样定了。

在工作间，我从冷藏柜取出遗体，打开包裹着遗体的袋子，掏出死者的手清洁。经我一处理，它几乎变得光可鉴人。完美无瑕，它散发出淡淡的消毒水味道。我用推床把死者遗体推进告别厅，盖上白布，只露出这只手。随后，我去办公室请死者家属。

我陪家属来到告别厅。那里，推床上面，白布下面，躺着她们的父亲。只有一只手露在外面。家属们默哀了片刻，然后，一个女儿问我是否可以回避一下，她们想跟父亲单独待一会儿。我同意了,当然我反复强调——用上了我全部的外交技巧——为她们着想,无论如何不要掀开白布。

我离开大厅,退回工作间一侧。隔着门,我听到大厅里传来低语、抽泣和呻吟。担心出事,我开门进去。只见三位家属张皇失措,苍白的脸上热泪纵横。

"我们没忍住,还是掀开了白布。"大女儿对我说。

故事本可以就此结束。

可几天后,也就是丧事结束后,吉尔找到我。

"你知道上次那事儿最后怎么着了?"

"不知道,怎么了?"我问。

"X先生的女儿给总部写了一封很长的投诉信。"

"投诉什么?我们做错什么了?"

"呵呵,用她们的话说,我们违背她们的意愿,强行让她们看到了她们父亲令人震惊并有辱尊严的一面。因此她们拒绝支付费用。"

"可是……可是……我们只能这样啊……"

"事实上,不管我们做什么,我们都有错。"

"所以呢?"

"所以,没辙。我们会被记过,因为做了该做的事。"

名声在外

我们到布列塔尼的一个小村庄去增援当地的同事，他们的工作量突然变得很大。我们完成了入殓，引着送葬队伍到达教堂——进教堂的过程很是完美，在灵柩周围摆放好鲜花后就退场了。接下来的仪式由神父主持。教堂外，殡葬司仪对我们说："伙计们，我请你们喝杯咖啡吧？"

我们满怀感激地果断接受了他的邀请。在我们享用咖啡时，神父迅速做完了法事，因为教区另一头还有一场仪式正等着他去主持。负责他秘书事务的那位九十高龄的志愿者老太太把时间搞错了，导致日程安排有些混乱。总之，在不到二十分钟的时间里——只有常规仪式一半，神父做完了弥撒，带领出席葬礼的家属、友人为逝者祈了福。所有流程都结束后，一片寂静中，他转身朝向教堂执事，就在这个面积不大的小教堂里，用洪亮、清晰的嗓音说道："去找那些殡葬师，他们应该还在小酒馆。"

职业风险

向"看不清"医生致敬

"看不清"医生可能是一个人,也可能是很多人,既鼎鼎大名,又默默无闻。没人了解他,除了早晚有一天都会遇到他。但在提到他的时候,对他的印象是零散的、模糊的、不确定的。然而,在法国的各个城市都能看到他的身影,这里是他的主战场。他在如此广阔的土地上穿梭,引发了很多的疑问:他的速度快如闪电?他有分身术?或更实际的猜测,他们是不是一群人?如果是的话,他们是一个家族?一个教派?一个秘密团体?这是一个让光明会黯然失色的阴谋?如果是的话,目的是什么?如果是一个家族,那么是谁为他们的谱系树奠的基?"看不清"医生的工作模式一成不变。他突然出现,跟在场的人打招呼,然后走向尸体,做一些鉴定,最后开具死亡证明,大笔一挥,用他那龙飞凤舞的书法签下名字……

这份证明将是我们所有殡葬师、行政人员、墓地管理人员处理的其他一切文件的基础。

每天由他签署的死亡证明数以百计。每份文件上,都有他的手笔,他的名字,他那著名的姓氏:"鉴定死亡。鉴定人:'看不清'医生。"

寻人启事

1

男子独自一人，忧郁地望着窗外雨月[1]中的洛桑。几天来，这里一直大雨倾盆，这会儿终于稍稍止住。壁炉里所剩无几的木炭快要燃尽，但没人去管。寒冷中，这栋年久失修的老房子吱吱嘎嘎地响着。但是，男子完全没有感受到这一阵阵的刺骨寒气，他的思绪早已奔向远方。在那里，失去记忆的父亲在漫无目的地流浪，阿尔茨海默症把父亲带走了。然而这一切都源自一个人性的安排。当时，得知自己患上这个可怕的疾病，父亲曾坦言，一想到自己可能像他自己的父亲、祖父和所有的祖辈一样，被迫离开居住一生、从未离开的房子，在专门的护理机构度过余生，他就感到很绝望。自那时起，男子就发誓，他要尽一切努力让父亲在家里继续住下去。后来，父亲的阿尔茨海默症加重，他开始离家出走，而且出走的时间越来越长，走得越来越远，两次之间的间隔也越来越不可测。而这一次，父亲已经离家几周之久，正迷失在外面的某个地方。离家时，父亲只穿了一条灯芯绒的裤子、

---

[1] 法国大革命共和历的第五个月，相当于公历1月20、21或22日至2月18、19或20日。

一件羊毛衫和一双拖鞋,这些根本无法帮助年迈的父亲遮雨避寒。所以,当电话铃声响起,这栋偌大房子里的寂静被打破,男子不需要接电话便能猜得到,一定是父亲的噩耗。

2

钓鱼迷看到湖面有个漩涡。

"太好了!不会空手而归了。"他心想。

雨刚停,他就从距离小湖几米远的房子跑了出来,背着全套渔具,全身心投入他心心念念的爱好:钓鱼。为了钓鱼,他走遍了世界。他曾在热带海域捕钓鲨鱼,在湍流中钓鲑鱼;他曾浮在水面钓,也曾潜入水下钓,无论是咸水还是淡水;他去过所有可以钓鱼的海洋、湖泊和河流。他知道如何在阿拉斯加的冰面上凿洞捕鱼,也了解怎样在布列塔尼垂放篮子捕捉螃蟹。他的妻子陪他一起走遍了世界,两个人以爱相伴,共赏美景。慢慢地,妻子喜欢上了摄影,拍出的照片也越来越好。两人可谓一对完美和谐的伴侣。他们都是性格温和、大方的人。因为打心底对彼此的爱好感兴趣,所以夫妻二人经常相互分享。不知不觉,他们都变成了各自领域里的专家。这天,钓鱼迷抛出鱼线后,感觉鱼已咬钩,于是他开始慢慢收线,但似乎有些异常。当远方浮上一具尸体的时候,他并未惊慌失措。这已经不是他第一次发现溺亡者,他知道此时应该把尸体拖上岸,防止尸体再次沉入水下。他判断,尸体已经浸泡了很多天,甚至是好几周了,所以,在打捞尸体时,他不慌不忙。尸体散发的味道让他略感不适,但他依然冷静淡定。他小心翼翼地把渔具放下,给警察打了电话。

3

殡葬师们紧张地来回看着天空和法医。他们希望法医同意，趁现在还没下雨，把尸体直接运往法医鉴定机构。尸体已所剩无几：一点肉，几根骨头和一些残破的衣服。死者的尸骨上挂着一条灯芯绒裤子，一件羊毛衫，一只脚上还穿着拖鞋。死者面部已经模糊，仅能看到两个空洞的眼眶。嘴巴半张着，像是惊讶的表情，仿佛惊讶于自己现在所引起的关注。

殡葬师拉上殓尸袋拉链的时候，一名警察过来找到他们。

"等一下，伙计们。有个男的自称能够辨认尸体。"

"什么？尸体都这样了还能辨认？"

"是的！他几乎每天给我们打电话，询问我们是否找到了他的父亲。他的父亲是一名阿尔茨海默症患者，不久前走失了。这具尸体的死亡时间和身上的衣物都和他父亲的情况吻合。刚刚我们已经告知他尸体的情况了，但他还是坚持过来，我们得等等他。好消息是我们有咖啡，你们可以去我们的厢型车上休息一下。"

两位殡葬师坐上厢型车的后座躲雨，喝着从保温壶里倒出的已经有点变凉了的咖啡。这时他们看到不远处有车灯闪烁，一辆标致车开了过来，开车的是个男的。尽管他有些不安，但他还是很有礼貌地向殡葬师们致意。他坚持当场看看尸体。考虑到尸体的状况，一位殡葬师尝试劝阻，但男子一再坚持，殡葬师打开了殓尸袋。

男子愣住了，沉默片刻后，眼泪缓缓地沿着他没有胡子的脸庞往下流。

"是他，是我父亲。"

"您能确定吗？"警察问，"尸体已经难以辨认了。"

"是他，我确定。"

"先生，您为什么如此确定？"警察继续问道。

"您看到他的毛衣了吗？这件毛衣是我在爱尔兰给他买的。所以，他肯定是我的父亲。"

现场沉寂了。然后男子喃喃自语："对不起，爸爸，我没能照顾好你。我很抱歉。"说完，眼泪夺眶而出，泪流满面。

4

尸检只剩化验可做了：先给尸体做个外部检查，再提取几个样本，二十分钟就完成了。尸检后，死者儿子就可以安排殡葬事宜了。

他去了那家曾去现场搬运遗体的殡仪馆，着手筹备父亲的后事。因为想为父亲买最好看的棺材，所以他最终选中了一口桃花心木的实木棺材。另外，依照父亲的生前愿望，他选择了火葬，并且眉头都没皱一下地就支付了火葬场针对硬木棺材收取的额外费用。他还选择了最好看的一款骨灰盒，并购买了一块墓地的永久使用权，请人砌了一个小墓穴，用于安放父亲的骨灰。同时，他还定购了一块非常稀有的花岗岩墓碑，封在墓穴上，并且自己设计了墓碑图案。他要求用豪华灵车运送棺材，并订购了大量的鲜花。他在几家最有名的大报上发布了讣告。葬礼顺利举办，非常奢华。葬礼结束后，男子支付了全额费用并且给了遗体搬运工相当可观的小费。他非常热情地感谢了一直对他关怀备至的丧葬团队，然后，他回到了自己的那栋老房子里，继续沉浸在悲伤和愧疚中。

后记：三个月后……

男子推开殡葬事务所的大门，要求见一见之前接待过他的殡葬顾问。两人在接待室坐定。

"请问有什么可以为您效劳的？"殡葬顾问问道。

"是这样，您三个月前为我父亲办理了后事。"

"是的，我记得很清楚。"

"他患有阿尔茨海默症，走失了。"

"是的，我记得，对此我们感到非常难过。"

"事实上，前天我接到一个电话，得知我的父亲正在巴黎的一家精神病医院里。他离家后一直走，最后到了巴黎附近，但他什么都不记得，也无法说出自己的名字，所以最后……"

殡葬顾问此刻已目瞪口呆。

"呃……那么……我们火化的人是谁？"

"棺材中的那个死者，也就是现在被埋在地下的骨灰，没人知道他是谁……"

"呃……我不知道该说些什么……"

"就麻烦您一件事：可否在墓碑上刻上'X先生'？检察官告诉我，可能我们永远也不会知道他是谁。另外，我还要为我的父亲跟你们再签一个殡葬合同，第一次的葬礼的确办得非常好。"

墨菲定律

春天来了,终于赶走了漫长难熬的寒冬,大自然披上了美丽的绿装,鸟儿对着湛蓝的天空欢快地鸣叫。人们也都走出家门。寒冬阻挡了他们的脚步,现在总算可以报复性外出了。

一名骑摩托车的男子开足了马力朝远方驶去。摩托车动力强劲,驾驶员操作起来得心应手。他感觉棒极了,肾上腺素和自由的快感随着血液流遍全身。可想而知,头盔下面一定是一张扬扬得意的脸。

一位轿车司机也开心地驾驶着自己的轿车,他打开了所有车窗。布列塔尼乡村的景色在他眼前一幕幕掠过,让他时时惊艳。

所以,看到一辆摩托车突然出现在车身右侧,他大吃一惊。两人眼神交会,轿车司机的目光直穿摩托男的护目镜,后者死死按住刹车,黑色的皮手套似乎都已磨得发白。

两车相撞。摩托男从轿车引擎盖上飞出,翻了一个筋斗,落地后,他的身体在厚厚的骑行皮装的保护下沿道路向前翻滚。但皮装不一定能抵挡住迎面驶来的卡车的撞击。

卡车司机是个普通人,他一边开车一边想着自己要送给六岁孙子的生日礼物——一部电动火车。他想象着小家伙眼中的快乐。这个小家伙是自己儿子的儿子,是他的骄傲!但前方发生了什么？那个人怎么到路中间来了？他连忙快打方向盘。摩托男一直在路面上滑行，眼看就要被卡车车轮轧到，它们突然转了向，他刚好从前后轮的缝隙中滑进去，从卡车底盘下滑出来，继续滑向后面一辆轿车的保险杠。

这位司机很冷静。他看到了摩托男，于是迅速踩了几脚刹车，又打了几把方向盘，以避免车辆失控。最终，他成功地避开了摩托男子。

现场静止了。第一辆轿车撞到了货车，卡车差一点翻车，第二辆轿车开到了路基下。三位司机分别从车上走了下来。

"大家都没事吧？"卡车司机问。

两名轿车司机都摆了摆手，示意自己没事，然后三个人又一同把目光投向了摩托男，他正站在三辆事故车中间。

"老兄，这种奇迹是不是得去梵蒂冈申请认证啊？"卡车司机说。

"你刚刚接连三次大难不死，前后多久，五秒钟？"

摩托男似乎还惊魂未定。他摘下头盔，面色惨白。两位轿车司机朝他走去。

"喂，先生？先生？您还好吧？您去树荫下面坐一会儿吧，我们先打电话叫救援。"

摩托男在树荫下坐了下来。另外三名司机联系了警察局和消防救援，尽已所能地摆上警示标志，提示其他车辆谨慎通过。每个人都在默默地忙着。他们都明白，在这场事故里，自己得到了上天的格外眷顾。

救援人员抵达后做的第一项工作就是确保各方安然无恙。三名司机都受到了严重惊吓，但现在他们的心情已逐渐平复。

随后，救援人员走向摩托男，他们立刻发现不对劲。

"先生，先生，先生，您能听到吗？"

他听不到了。他的头向下耷拉着，下巴贴在胸前，没有了呼吸，心脏也停止了跳动。尽管救援人员奋力抢救，但四十五分钟后才赶到的急救医生只剩了一件事好做：开具死亡证明。

在警方的要求下，法医对死者进行了尸检。结果显示，强烈的应激反应引发心梗，最终导致死亡。

两位轿车司机和卡车司机都来参加了摩托男的葬礼。葬礼过程中，他们看我们的眼神就好像我们是凶手一样。

墨菲定律是一条经验性的法则，它告诉人们，任何可能变坏的事情最终必然以悲剧收场。

小酒暖人心

今年早早就刮起了秋风,但炎热的回光返照和寒冷的不时试探,使得这个秋天特别短暂,难以察觉。在迷人的旧式小酒馆里,有几位冒着小雨前来喝上一盅的客人。总共是五位。

四位客人坐在吧台一头,那是他们的老位子。他们与小酒馆的老板娘闲聊着。老板娘是这里的灵魂人物,她感到很幸运,一方面是因为跟自己喜欢的客人在一起,另一方面,她也有了合适的借口礼貌地远离酒馆里的另一个客人,也就是第五位客人。

这位客人坐在吧台另一头,只身一人。他低着头,目光落在地面瓷砖上,似乎在告诉别人他想自己待着。事实上也没人敢上前跟他说话。他沉浸在自己的思绪中,两眼呆滞,完全没有去关注酒馆里的人和事。他的眼睛嵌在布满愁容的脸上,也只有这些忧愁的皱纹才让他那张看似铁锤敲打出来的脸没有那么生硬。他身高近两米,肩膀很宽,半升的啤酒杯在他有力的手掌中看上去比250毫升的杯子还要小。

只在打招呼的时候他才开口说了两次"晚上好"。第一次是在进入酒馆时说的,语气严肃且没有喘气和停顿,几乎是一口气说完的;另一次是在他结账离开时。即使他全身像是充满暴力,但他说话的态度并不让人觉得他是个粗鲁的人。

不过看到他失神地坐在那里，完全迷失在自己的思绪中，人们还是会觉得好像看到一座大山在思考着如何用最残忍的方式杀死一只小老鼠。然后，这座大山的目标可能是消灭世间所有老鼠，只是为了热热身。

总之，这个家伙让人害怕。

这时，第六位客人进来了。他径直走向那群朋友，喊着他们的名字与他们一一打招呼。他也是这个小酒馆的常客。他把身上沾满雨水的外套脱了下来，露出了包裹在里面的殡葬师制服。他坐上高脚凳，愉快地与朋友们聊着天，完全没有注意到吧台另一头有个粗暴的壮汉。

而这位粗暴的壮汉一直盯着殡葬师，就好像看到恶魔来到小酒馆，一口气喝完酒，不付钱就扬长而去。慢慢地，这个两米高的巨人喝完杯中的酒。他放下酒杯，起身，径直向吧台另一头这一小撮人走去。他庞大的身躯挡住了光线，地面似乎也随着他的脚步震动。小酒馆里完全静了下来。

走到殡葬师面前，他停了下来，用粗壮的食指指着殡葬师，大喊："你，在这儿！"也许是因为许久没说话，声音有些沙哑。

"你，在这儿！"由于不确定对方是否听懂，他又重复喊道。

殡葬师第一次觉得高脚凳坐着有些不舒服，他感觉自己脸色发白。他此刻莫名地想到了半小时前刚刚打招呼告别的防腐师同事。他万万没有料到，可能就在几个小时之后，防腐师同事工作时使用的针管就要插进自己的心脏里了。当前，有一点是确定的，他以前肯定是不知怎的惹恼了这个家伙。唉，这下死定了！

壮汉似乎在他炽热的记忆中寻找话语。然后，他大喊了一声："你埋葬了我的弟弟！"

原来如此。埋葬了疯子的手足，就得连自己的命也搭进去？殡葬师猜想可能是在葬礼过程中出了什么问题。但奇怪的是，他完全不记得出状况的葬礼上家属当中有这名壮汉。按理说，如果真是那样，那他多多少少总会有些印象的。

壮汉的话还没说完。他一直在找词，找到之后嘴巴就嘟嘟哝哝，似乎是想确定这些词与他想说的意思一致。最后，他用同样强有力的嗓音说：

"真的特别好。"

接着，壮汉又补充了几句，好像在说自己已经说完了。随后，他先把自己的酒钱放在了吧台上，又把殡葬师的那杯酒钱加了进去，然后示意老板娘给殡葬师再上一杯酒，最后一声不吭地走了。

殡葬师确信这件事一定说明了某个道理，发誓以后一定要找到它。但目前，他得从惊吓中平复一下。他发现，即便见惯了死亡，自己依然是个怕死的人。

坏名声

男人走进殡葬事务所,然后朝着他最先看到的那个人走去。这个人刚好就是我。

"先生,不好意思打扰下。您知道附近哪儿有卖酒的?"

"不好意思啊先生,我不太清楚。"我回答。

"见鬼。我妻子这样跟我说,去找殡葬师,卖酒的地儿他们一准全知道。"

殡葬师备忘录（机密）[1]

考虑到近期频现的尸体过早苏醒事件，为了更好地提供高质量服务（含为复活的尸体提供的服务），自即日起，如果您负责的尸体出现复活情况，请务必执行本守则。

1.尽可能做到言行得体。请务必花时间去调整仪容仪态，让情绪尽快平复，做到行为举止礼貌得当。

2.请不要让复活尸体长时间待在冷藏柜中。打开柜门后就要向这位醒来的客户表示欢迎。建议您准备一条加热毯，但考虑到加热毯会强化客户的焦虑，所以请您仅在必要时使用。理想的是为客户提供一条浴巾。

3.鉴于近期媒体报道了几起尸体食人案件，请您首先确保您面对的不是僵尸。为此，您可以问复活的死者一些简单的问题，并向他提供一杯热饮。如果他欣然接受，那么无需担心，一切正常。如若他想喝您的血，请赶紧逃跑。

4.接第三点。如果复活的死者此前已经接受过防腐保存处理或者尸检，那么醒来的一定是僵尸，请赶紧逃跑。

5.请将责任归咎于医护人员并为本机构免责。**不要道歉**，只

---

[1] 此文纯属戏仿。——原注

有需要负责的人才需要道歉。请记住，您在殡仪馆工作，收入仅比法国法定最低收入高一点，而且您只有高中文凭。而医生学医十年，有着稳定的收入。所以，让他们去承担相关责任。

6.如果复活的尸体是个年轻人，外貌俊美，整体上符合您的择偶标准，请不要长时间盯着他（或她）看，避免任何不当的举动，即便是对方勾引您，也请避免。否则几分钟后，您就成了恋尸癖。请牢记这一点。如果上述警告还不能让您清醒，请您去洗个冷水澡。当然是一个人洗。

7.尸体复活后难免会问您很多问题，请您保持回答的中立性。请避免透露家属为死者订购的殡葬服务及物品的细节信息。如有涉及，可以使用简单的仪式（"草率和廉价"的委婉说法）、简约的棺材（可以代替"廉价、低质量木棺"的表达）等措辞。

8.接第七点，如果家属已经把死者的遗产挥霍，只要他在我们公司里，那么一定要保证死者不知晓他当前的贫穷状况。

9.死者醒来之后可能会显得迷茫，甚至开始神神叨叨。请您千万不要陷入其中。两千多年来，仅有一起公认的复活案例——耶稣复活，且因其绝无仅有，至今人们还在谈论。同样，复活的死者也可能认为他仍处于死亡状态。请记住，您不是天使，您的领导也不是圣彼得，殡仪馆的老板也不是天父，尽管死者可能会有上述想法。

最后，建议使用以下措辞：

不要说："您已经死了。"

建议说:"看上去您的医生误诊了。"

不要说:"我在想,防腐师在给您注射了福尔马林之后您怎么还能活过来?"
建议说:"至少,您现在对感冒、流感以及其他病毒都免疫了。"

不要说:"您惨了,您的孩子已经把您的遗产全部挥霍了。"
建议说:"起诉医院的话您能赢很大一笔钱。"

不要说:"对,对,我是天使。"
建议说:"不要动,我去告诉天父。"

不要说:"您是否需要裹尸布暖和一下?"
建议说:"我去把暖气温度调高。"

安保工作

在一座非常奢华的宅邸里，我们六个人做着入殓工作。六个人？其实我们都不明白为什么是六个人。通常来说，殡葬团队由五个人组成：一位葬礼司仪和四位搬运工，压根不需要第五位搬运工。大家都不知道为何今天有五位搬运工，更不知道我们之中谁是这个"第五人"。

入殓完成后，死者家属开始默哀。这当儿，我们几个人来到花园。终于，司仪解答了我们的疑惑。

"一会儿，你们四个人照常搬灵柩，例行工作，无需担心。而你，你留在这里。"

被点名留下的同事询问留下他的原因。司仪叹了口气，回答说：

"因为死者家属付了钱要求我们这样做。这人的死讯传遍了全国。他是一名艺术品收藏家，圈子里的人都知道他非常富有。估计这一片的窃贼都会赶来看看有没有下手的机会。所以，你的工作就是在所有人去出殡时绕着这座房子巡逻。发现任何可疑的事情或人，你就立刻报警。墓地的活结束后我们会回来接你。"

所以，我们流着汗尽心尽力地把工作做到完美，费尽力气搬着十多个来自各地的大花篮，努力地赚着血汗钱，而这个同事在花园里，散着步就赚到了工资。

我们确实嫉妒了一会儿。就一会儿？

是的，仅嫉妒了一会儿。因为没过多久，就下起了倾盆大雨。我们在教堂门廊下躲雨时想起来，死者花园里可没有躲雨的地方呢！

先入之见

人们经常指责我们，说殡葬师是拿别人的痛苦赚钱。我的回答很简单：是的，的确如此。而且这钱我挣得心安理得。

的确，我以别人的不幸谋生，而事实上很多职业亦是如此。有人被困在火场里需要救援，因为他们的不幸，消防员才有生计；弱者被侵犯需要保护，受害者需要有人还他们公平正义，因为他们的不幸，警察才有生计；所有人早早晚晚都会生病、衰老，因为我们的不幸，医生、护士、护工才有生计。

唯一不同只在于我的工作对象是死者，而死者家属往往要找一个人，把他们的痛苦归咎于他。有时候，仅仅是因为在场，我们就要承担骂名，可万一我们不在场，又会发生什么呢？

没有信号

尊敬的殡仪馆负责人:

您好。上周,贵馆刚刚安葬了我的舅舅。葬礼之前,他的遗体一直安放在贵馆的殡仪厅里,敞着盖,舅妈希望等遗体告别仪式之后再封棺。

在棺盖被盖上之前,我们每个人依次跟舅舅亲吻告别。这是我们家很久以来的传统。事实上,我觉得这样做很不卫生,但是我并不想因此跟家人产生争执。

在我俯身的时候,我的手机掉进了棺材里。我当时并没有立刻意识到,因为此前,妈妈要求我关机,所以,直到葬礼结束也没有任何电话铃声响起并没有让我觉得奇怪。

后来,我到处找手机。我的手机型号是iCrumble 6,5.5英寸的屏幕,高配版,所有热门的APP我都下载了,总价将近1000欧!万幸的是,舅舅不想火葬。

所以,据我判断,我的手机掉进了舅舅的棺材里。

不知您是否能够尽快帮我取回手机,因为我现在还在继续支付每月的套餐费。

非常感谢。

舒比埃先生

殡仪馆负责人的回信

舒比埃先生：

您好。

您的要求我已收悉。

但是，依据法律，在棺材封棺后的五年内是禁止开棺的。

等到五年期满，如果您需要的话，可以要求我们给您做一份包含拆装墓碑、掘墓、起棺、重新落葬，以及可能会涉及到的棺材更换或遗骨改葬等项目的预算书。市政厅可能会要求我们出具一份原因说明。如果我是您的话，我可能会找一个更加严肃的理由。

我个人建议您立即购买一部新手机，这可能会是一个较为省钱的解决方案。

最后，请接受我最诚挚的问候。

殡仪馆负责人

注：我不知道此事后续如何，我也不清楚这位舅舅去往的那个地方是否有手机信号。

无论如何，葬礼不可先于死亡

  这束花完美地诠释了"美丽"的含义。花束的搭配很有品位，花与花之间相互交错，呈现出淡紫色和白色构成的整体色调。这两种颜色可能象征悲伤和纯粹无瑕的情感，但或许并非如此，毕竟人们现在没有那么重视花语了。花束虽然搭配素净，但郁郁芊芊，卖得应该不便宜，不过在握着它的拳头中，这束花又显得有些小。捧着它的是一位男士。他个子高大，身材健壮，站在殡仪馆门口，似乎有些惴惴不安。他站在一旁，决定让妻子来负责接下来的事情。他捧着花，嘴里一遍一遍地重复前一天晚上斟酌修改出来的悼词。他的妻子个子矮小，神情也有些不安。显然，这对夫妻对丧葬事宜非常陌生。两人一直站在殡仪馆门口，不安地环顾四周，不知道自己需要做什么、要到哪儿去，也不知道要问什么，甚至也不知道该向谁询问。殡葬顾问坐在办公室里。他看到这对夫妻到达停车场，于是一直在办公室等候他们。可他们并没有进来找他，他只好亲自去殡仪馆门口迎接。见到殡葬顾问，夫妻二人似乎松了口气，但是举手投足间仍然保持着些许谨慎。

  夫妻二人都是四十多岁的样子，看上去，这似乎是他们这辈子第一次见到真实的殡葬师。此前，他们从未经历过亲友离世。

在几句简单而又朴实的问候之后,殡葬师问:

"请问有什么可以帮二位的?"

"我们想见一见舒比埃夫人,她是在你们殡仪馆吗?"

"舒比埃夫人?呃,抱歉,不在这里。"

"不在?但报纸上的讣告说,舒比埃夫人的遗体安放在您的殡仪馆。"

"呃,是的,确实如此,安放在这里。"

"那请问她在哪儿?"

"而且报纸上还说舒比埃夫人的葬礼将于27日举行。"

"是的,27日14点30分,也就是今天下午,我们非常想跟她告别……"

"很抱歉女士,今天已经是28号了。"

夫妻二人被不幸的巧合误导了。由于技术原因,讣告未能在26日也就是葬礼前一天的报纸上刊出,而是在葬礼举办当天才见报,并未做任何修改。因为被悲伤情绪笼罩,女士在看到讣告时没有注意到其中的错误,因此搞错了日期,晚来了一天。事已至此,她已经在盘算备选方案了:去墓地献花,送一张吊唁卡。她的丈夫面无表情,抬起粗壮的手臂,低头看了看手表,自言自语:"昨天下午14点30?"随后,他抬起头,对他的妻子说:"我们要迟到了。"

您知道吗?

尸体防腐
Thanotopraxie

法语中,thanotopraxie一词指遗体防腐处理,是一个较新的词汇。这个词由安德烈·沙蒂隆(André Chatillon)创造,由两部分构成。前半部分thanato来源于希腊神话中的死亡之神塔纳托斯(Thanatos),后半部分来源古希腊语中表示医疗手术的praxein一词。所以thanotopraxie指对遗体进行外科手术,以达到防止尸体腐烂分解的目的。1960年代,尸体防腐处理工作通常是由医生来完成,防腐处理也被称作"尸体保存处理",从业人员被称为遗体防腐师。但是现代防腐处理(thanotopraxie moderne)和古代防腐处理(embaumement antique)有所不同。现代防腐处理的原理是用福尔马林替代遗体体液,而古代的防腐处理更接近于秸秆填塞的做法,在处理过程中会将遗体内脏取出。英美和加拿大的从业者至今仍沿用表示古法防腐的embaumement一词,但实际做的已是现代防腐处理。

谨防电话骗局

在殡仪馆的办公桌上，有一个奇特的装置。它通常是由塑料、金属和一点橡胶制成，各部分巧妙地被组装起来，人们把该装置称为电话。它的神奇之处在于，当您把听筒贴到耳边时，会有声音从里面传来。但有时说的净是些没影的话。

举例如下。

我："您好，这里是殡仪馆。"

她："您好，我是秋之落叶养老院的社工杜朗女士。我向您致电是因为昨天夜里马丁夫人去世了，她之前跟贵馆签署了丧葬合同。"

我："请稍等，我查一下……没错，我查到了。根据合同，遗体应被送到本殡仪馆。如果医生已经开具死亡证明，那我马上派我们的工作人员过去。"

她："对的，对的，开好了，医生刚刚离开。另外，我把死者女儿的联系方式给您。"

我："好的，我跟她商量葬礼和其他相关事宜。"

她："您还得告诉她，她的母亲已经离世。请您慢慢跟她说，她非常爱她的母亲。"

我："不好意思，打断一下，您还没有通知家属亲人离世的消息吗？"

她："没有，我等您来通知。通常由您来告知家属，不是吗？"

我："不，我从来没做过这事，我想，直到我退休我也不会做这件事。请问您做现在这份工作很久了吗？"

她："一周了，我刚从学校毕业。但我还是想问一下，如果不是您通知家属，那么由谁来通知呢？"

我："在养老院，这事要么社工做，要么院长做，要么护理人员做，要么其他刚好在场、稍有一点沟通技巧的人做。但是，这项工作，从来都不是殡葬师该做的事。"

她："但我永远也做不了这事。"

我："我也不会。但是，我不做的理由很简单，这不是我工作。但这是您的工作。就这样吧，我马上派工作人员去您那边，并且我会等家属联系我。加油，再见！"

我向同事们说明了情况，以防他们被这个小姑娘忽悠。我是早晨接到的这个电话，死者女儿直到当天傍晚才跟我联系，这说明她在联系我之前刚刚得到母亲去世的消息。我没敢问是谁通知她的。

要知道，死讯向来不是由殡葬师传达的，原因在于，刚刚通知完亲属离世的消息就紧接着问死者家属需要购买哪款棺材（此处表述毫不夸张），这会给对方心理造成沉重的打击。您明白吗，那就像秃鹫，在濒死动物周围盘旋，等着动物死后饱餐一顿……

死也不吃亏

电话铃响了,我拿起听筒。这是我在这种情况下的一般做法。

我:"您好,这里是殡仪馆。"

我知道,大家对此时该不该说"您好"一直有争议,至今未有定论。我只想说明,在打招呼时,我尽量避免使用愉快轻松的语气。

女士:"您好,我给您打电话是因为我丈夫去世了。"

我:"请节哀,女士。"

女士:"谢谢。您人真好。我给您打电话,是想向您咨询些信息。"

我:"没问题,关于葬礼。首先……"

女士:"不不不,我丈夫已经下葬了。"

我:"啊?既然是这样,那我还能怎样为您效劳?"

女士:"我之前去的是另一家殡仪馆,我感觉价格有点贵,所以我想来听听您的意见。"

我:"……"

请您站在我的角度上换位思考。一种可能,这名同行的价格没有我们高(这种情况很少见,但依然不排除这个可能性),那我应该承认我们价格高。这其实没什么，只是多少有些尴尬。另一种可能，这名同行的价格比我们高，情况就变成我得指责一名独立经营的同行，这是我严禁自己做的事。同行之间这样做不合规矩，除非这名同行是个臭名昭著的骗子。

显然，在这个故事里并非如此。

这名同行专业、有责任心，在工作中始终以逝者及家属为本，服务非常到位。只不过，他爱赚钱、收费高，这在业界人尽皆知。这的确是他的问题。但是客户有选择他或不选择他的权利。然而在自由选择殡仪馆的法律实施二十年后，依然有很多人对此不理解。

总之，我很苦恼，同时我也很震惊，这通电话实在有点过分。

我们于是比了一下各项费用的价格，女士异常兴奋，我则不情不愿。最后得出结论，比起我们，这家同行殡仪馆在各个方面收费都"超级"贵。我很抱歉用了"超级"这样的字眼。这是我从这家殡仪馆一位员工说的话中借用过来的。他曾告诉我，他们公司里工资"超级高"。羊毛当然出在羊身上。

我想要对这位来电女士爆粗口。如果我在电器商场甲买了一台冰箱，那我断然不会再给电器商场乙打电话问他家卖得会不会便宜些。

接下来才是这个故事最精彩的部分。

请您再次站在我的角度来想一想。目前的情况是：一位女士给我打电话跟我说她选择了我们的同行，她想知道如果当初选了我们会不会更好。此前，我们殡仪馆甚至连给她做预算的机会都没有，并且现在同行的价格确实比我们高很多。您明白这里的逻辑了？

因为在接下来的对话中，女士反而开始指责我了。

女士："您怎么解释两家殡仪馆的价格差异？"

我："女士，很抱歉，我无话可说。"

女士："瞧瞧，遗体保存处理的费用，相差200欧，太多了！"

我："是是是，但我不清楚，这有可能是节假日、晚上时段的缘故，您没有……"

女士："不，是工作日白天。再者说了，因为是晚上或者周末时段就多要200欧，简直是打劫！"

我："可是我刚刚没跟您说我们殡仪馆……"

女士："还有，贵馆租用灵车的费用便宜100欧，为什么呢？"

我："抱歉，我不清楚……"

女士："一问三不知！您可真是厉害啊！真格的，殡仪馆果然就是黑社会！跟你们这种人我无话可说！"

她的斥责击穿了我的耳鼓。说完，她就挂了电话。

这件事已经过去了四年。四年来，我一直试图从中总结出一点道理。一点"不失教养"的道理。

糟糕的规划

　　一具棺木需要落葬，埋进一个地下墓穴。平淡无奇的一趟活。

　　这个墓穴有一个隐藏式的入口，我们管这叫"前开门"——还有一种叫"上开门"，墓穴从上开启，棺木垂直放入。

　　石工师傅在他预判的"前开门"位置挖着。但他什么也没找到。他感到有些烦躁，看了看四周：左边是个混凝土垃圾桶，用于清倒墓园里的枯枝落叶，右边是块墓碑，自己身后是条狭窄的小路。他们总不会把入口开在小路上吧？石工虽已意识到这不合常规，但是为了让自己问心无愧，他还是在小路上挖了挖。

　　令他欣慰的是自己的判断没错，他什么也没找到。然而，短暂的喘息之后问题还是没解决：墓穴入口究竟在哪儿呢？

　　他向墓园工作人员打听。

　　"不，这个墓穴不是上开门，是侧开门。"

　　"如果是侧开门，容我想想……"

　　"这个墓穴上一次落葬是什么时候？"

　　"1980年代。"

　　"啊，原来如此！那么这个漂亮的混凝土垃圾桶是什么时候建的？"

"1990年代。怎么了？"

"哦，没什么。"

"什么没什么，你觉得我们会蠢到在墓穴入口修一个混凝土垃圾桶吗？"

"不不不，当然不会。那我们去档案馆查查以前的墓地图纸核实一下，你不反对吧？"

原来真的是这样！镇政府的确在墓穴的入口处修了这个混凝土垃圾桶。那里当然空着，位置也好。只是谁也没想过，为什么在这个用地非常紧张的墓园会有这样一个好位置空着……

先入之见

有人跟我们说，出生免费，死亡太贵。其实这是个错误观点。

在法国，一场葬礼的平均费用约在2800欧元到3200欧元不等。一个新生儿出生的花费则高达7000欧元。但是，新生儿出生费用全部由社保承担，丧葬费用则由遗属承担。生孩子其实并没有很多的事项需要去选择。但办丧事不一样，您会面临非常多的选择。比如，选择民事葬礼还是宗教葬礼？葬礼是在基督教堂还是在佛寺或清真寺举办？选择土葬还是火葬？如果选择火葬，那火化后的骨灰如何处理？埋于墓地，放在骨灰存放所，还是撒掉？您有不同的选择，这是您的丧葬自由。当然，在法国，您也可以申请让国家来承担丧葬费用，但这不意味着免费，该费用实为您所缴纳的税款或由您所购买的丧葬保险来支付。值得注意的是，若选择由国家来承担丧葬费用，那您就只能接受国家的安排，理由么，统一的标准好操作，降低成本，或仅仅出于对社会公平的维护。最终，您的意愿、您的信仰和您的原则都要服从于法律的要求。因此，丧葬的费用就很容易计算了：它与自由同价。

狗样的人生

死者于久病后去世。按照他的心愿,他躺在客厅里的病床上,在满是回忆的家中度过了生命的最后一刻。

处理后事的日子到了。殡仪馆的工作人员来到死者家中。一进门,他们就注意到家属都在厨房,而不是围在死者身边。葬礼司仪过去同家属打招呼,想征得他们同意进入客厅,把我们的工作用品搬进去。然而,家属们却为难地低下了头。

最终,死者儿子开口了。

"现在有个麻烦事,我父亲的狗同我父亲感情很深。"他叹了一口气,"它现在守在床上,不让任何人靠近。"

"您没打电话叫个兽医来吗?"

"没有,请您理解,我们不想伤害它,它来我们家已经很多年了,而且一直守护着我父亲,真的很让人感动。"

"那我们先过去看一看吧。"

殡葬师们小心翼翼地朝客厅走去。

死者躺在床上,旁边有一只漂亮的狗。它趴在死者身边,鼻子离主人已经冰冷的脸颊也就几厘米。它看着自己的主人,眼神中满是悲伤。殡葬师们一进客厅,狗立刻把头转向他们,翻起嘴唇,露出洁白尖锐的獠牙,发出会让原始人紧紧靠在一起的警告的低吼,就好像一只受伤的动物,随时准备拼个你死我活。

殡葬师们英勇地退了出来。回到门厅,在确保家属不会听到他们的谈话后,所有人把目光转向了司仪。

"让我把话说清楚,这可不是我们的工作。"安稳地从业二十年之后,说话的这位突然发现自己有了些许工会维权意识。

司仪盯着团队成员一个个看过来:"但是,伙计们,你们总不至于丢下我不管吧。"

"你觉得我们能干些什么?你没看到那野兽?"

"一只狗而已……"司仪轻描淡写。

"不止是一只狗!它有五十多公斤,肌肉发达,而且两天没吃东西,它盯着我的喉咙呢,我瘆得慌!要去你去!"

"好吧,伙计们,我去。"司仪说。

他先去和家属沟通,想劝他们请兽医、动物收容所的专业人员或者特警队的狙击手来帮忙,总之任何人都行,就是不要让这群吓破了胆的殡葬师来对付这个家伙。家属们很客气,表示理解,但拒绝任何第三方介入,他们最怕到时候被逼着把狗送去安乐死。其实,只要狗没有伤人,家属的顾虑就是多余的,但置之不理拖下去,狗倒真有可能伤人。

他们扯皮的工夫,一位在走廊等候的殡葬师按捺不住了,他说:"没人能指着咱脊梁骂咱丢下死人不管。老子做了十年的殡葬师,挖了二十年的墓,想当年,老子每天起个大早到墓地挖坟,地冻得那个叫硬,拿镐的手都皴得不成样子,如今能被这条小资的看门狗吓得夹着尾巴逃跑?没门!"

其他人点点头。羞愧使得他们额头变红,他们已经在设想如若同事牺牲,该如何向其家人解释,难道要说,同事被芬里尔[1]的远房表弟屠杀的时候，他们正在研究工作守则？团结力量大，他们决定集合所有人的力量与勇气：大家出力，一人斗勇。

他们找到司仪，把他们的方案告诉他，司仪又转告了家属，征得了同意。是该行动了，再拖延下去，神父就该等得不耐烦了。

计划很简单：一位殡葬师负责吸引狗的注意力，另一位趁机穿过房间打开阳台门，此时另外两位殡葬师和司仪一起用毯子，像撒网一样，把狗捉住，扔到阳台上，再迅速关上落地窗。阳台四周的护栏很高，所以狗应该跳不下去。可能邻居会抱怨，但这就不是他们需要解决的问题了。

这个方案简直就是自杀式的，非常愚蠢，成功的可能性只有百万分之一。

家属们聚集在门厅，就像古罗马角斗场里的观众，围成半圆。殡葬师进入客厅，与狗保持一定的安全距离。狗看着他们一个接一个进来。

一场大战一触即发。该出手时就得出手……

"先生们，请稍等。"有人小声说道。

说话的是死者的遗孀。她迈着小碎步穿过房间走到门已打开的阳台上，在那里放了一碗水和一食盆的湿狗粮，然后转身，又迈着同样的小碎步回到家人身边，全程处于十双疑惑的眼睛的注视下——也包括狗的那一双。

仿佛天使飘过。

接下来的一切发生得很快。负责诱敌的殡葬师疯狂地挥舞着

---

[1] 北欧神话中恐怖的巨狼。

能抓到的宠物玩具,一边蹦跶一边默念《主祷文》——有备无患;同时,另外三人朝狗扔去一条毯子,马上跳过去把它包住,把这个大声尖叫的包裹抬到阳台扔下,迅速跑回客厅,另两位殡葬师立刻在他们身后从两边合上阳台的两扇落地窗。行动结束。狗努力挣脱身上的毯子,嘶吼着,但底气已然不足,仿佛彻底妥协。之后的入殓和出殡得以照原计划进行。

后续的遗体接运工作进行得也很顺利。

回殡仪馆的路上,一位殡葬师一脸担忧。同事们问他原因。

"没什么。我只是很同情那个要把狗从阳台放出来的可怜人。"

所有人都陷入了沉思,开始为这位不幸之人默哀。

喂，灵车，你有空吗？

车谨慎地行驶着。在下午的这个时刻，市中心人流稀少，但是司机还是习惯性地谨慎驾驶，毕竟意外总是躲在视野盲区。

这不，从一辆送货卡车后面突然冒出个心不在焉的身影。他弓着背，低着头，眼睛盯着手里的智能手机，似乎所有注意力都被一个重要的任务给吸引了。这个任务不一定能改变他的人生，但如若不是我们的司机迅速反应，那他的人生提前终止倒是一定的。紧刹车，车子顿时停住。

与此同时，这个行人——为了方便讲述，我们称他为"迷糊"——继续不紧不慢地走着，他似乎被一个平静的气泡包围着，沉浸在自己的世界里，完全没发现他就在刚刚躲过了一场致命的车祸。

不悦的司机打开车窗大声斥责，可迷糊似乎根本不知道那是在冲他说话。于是司机深吸了一口气，用尽全身气力喊道："喂！被我轧死的人免费哦。"

路上的行人纷纷停下脚步，想要看看究竟发生了什么事。迷糊也停下来，似乎包围他的气泡一下破了。他看着司机，好像在思考司机刚刚说的那句话是什么意思。他低下头，看到车子引擎盖上面的字，默念起来："殡仪馆，每周7天24小时服务。"

仍然迷茫的他抬起头，看着司机，似乎又开始沉思。突然，他眼睛一亮，恍然大悟。他原本松弛的脸抽动着，露出恐惧的表情，眼睛瞪得溜圆，好像打游戏打到最后一关撞上了终极大魔头。他嘴里嘟嘟哝哝，好像在说抱歉。

"好好好，你人还不错。"殡葬师打断他，"不过今天我后座上有人了，你只能选下一辆了。现在你可以把路让开了吗？"

迷糊乖乖地回到了人行道上。

在后视镜里，殡葬师欣慰地看到迷糊把手机收了起来，一边走一边惊恐地看着四周，好像身边的一切都充满危险。

铭记历史的义务

死者死了很多天，尸体已经高度腐烂。说白了非常吓人。家属们聚集在接待处，由我的一位女同事负责接待。过了一会，她来找我。

"天啊，快点告诉我医生在死亡证明里勾了'立即入殓'。"

从堆在大桌上的文件中，我们找到了死亡证明，看到医生每一项都勾了"否"。

"家属们想再看一眼，他们非常想见死者一面，我已经不知道该怎么劝他们了。"同事说。

这让我非常意外。这位同事是一位很有经验的殡葬师，而且天生善解人意。我心想，要是连她都没能劝住，那这家人一定真的是非常执拗。

我建议她再去试一试。如果她温和委婉的劝说不奏效，或许应该换个更加强硬的方式。而在这方面，我知道怎么做。

五分钟后，我站到了接待室，面对着死者家属：爸爸，妈妈，兄弟，姐妹，嫂子，姐夫。所有人，不管我怎么劝，都坚持要看一眼死者。

我的同事和我一个扮红脸一个扮黑脸，总算让他们有些动摇了。

这时，爷爷登场了。他一直坐在椅子上，一言不发，浑身散发出一股宁静的力量。现在他抬起头，开口说话。所有人都安静下来。

"我代表大家去见一下吧。我会转达你们的道别。"

所有人立刻点头。老人起身，拄着拐杖，转身对我简单地说了四个字："请您带路。"

我与同事交换了一下眼神，我们知道，现在只能这么办了。

走在过道里，我仍试图劝阻老人：

"我必须向您说明一下，您将会看到……"

老人就地立定，直视着我的眼睛。然后，他挽起袖子，给我看他的文身，说："我在达豪集中营应该见过更糟的。"

不用再多说什么。我愣住了。我刚才还不知天高地厚地执意要向他解释那场面会有多恐怖。我感到无比羞愧，恨不得地上裂开个缝钻进去。但是老人非常和善，若无其事地同我攀谈，聊了聊我们这个难做的职业。我尽可能清晰、有条理地回答他的问题，努力显得自己不是那么无知——我的意思是别比现在的样子更无知。

我们走入遗体处理区域。走廊宽敞，冰冷。一名殡葬工作人员正埋头填写表格，看到我们到来非常吃惊。我简单地向他解释目前的情况。他忍不住又想劝阻老人。但我朝他摆了摆手，示意他一句话都不要说。

终于到了尸体处理间。我们把遗体取出，放在金属处理台上，打开尸袋，露出尸体。

老人几不可察地晃了一下，身子微微后倒，但他立刻镇静下来，稳住自己，走到尸体边上。

"可怜的孩子,可怜的孩子。"他低声说。

他默哀片刻,完了向我同事道辛苦,转身对我说:"我们可以走了。"

回到接待处,所有的目光都注视着他。他缓缓坐下,喝了一口我刚刚端给他的水,简单地说了句:"还好你们没有去,我已经代表你们跟他告别了。"

丧事办得很顺利,再也没有出现其他特殊情况。

不善言辞

"亲爱的,你小心开车令我很是欣慰。但你可以开得稍微快一点吗?我要错过去看我妈的那趟火车了。"殡葬师的妻子问。

"不行,不可以。现在是我的值班时间。"

"这跟值班有什么关系?"

"什么关系?因为现在是我值班,所以如果我们出车祸死了,警察会给我打电话让我来给我们收尸。"

酒后吐真言

酒精真是个祸害，至少对这位死者的肝脏来说如此，它让这位酒场巾帼从酒吧直接喝进了太平间。

我们要把她送到墓地，与她已故的丈夫合葬在一起。她丈夫在世时同样豪饮成性，夫妻两人堪称志同道合。葬礼司仪认识这家人，是他把他们当中大部分人送进了坟墓。所以在入殓时闻到来自棺材的浓重的酒气，他的脸上没有丝毫表情。

我像一只兴奋的小狗一样跟在他后面。这些日子，我已经证明了自己的能力，获准在他身旁见习，以便日后也能成为一名合格的司仪。

遗体入殓时，我心中疑惑。

在教堂入口，我心中疑惑。

走出教堂，我仔细打量死者的两个儿子，他们分别被自己的妻子和孩子搀扶着。我欠身问我的带教司仪："如果我说的不对，你就打断我……他们别不是喝醉了吧？"

听我说完，他面不改色，把眼睛狡黠地转向我，回答说："刚好我也是这样想的……"

只要稍微留意，便能发现这实在是太明显了：死者的两个儿子之所以能够保持站立完全是因为有家人夹着他们——一边是各自端庄冷漠的妻子，一边是两家最大的孩子，一旦他们前后左右晃得太厉害就会被搀住。

我们准备往墓地进发。有一段300米左右的路要走。

此时，两兄弟中的一人走向司仪，后者仿佛点了点头，他就离开了。一上灵车，我便问司仪刚刚发生了什么，他若无其事地回答："他们跟我说可能要迟到几分钟。今天天气很热，他们有些渴，去附近的小酒馆喝口水就回来。"

在墓地，我们等了他们大概一刻钟。一切都已就绪，只差他们俩。他们的妻子和孩子看上去也有些厌烦，但和我们一样，老老实实地等着两兄弟到来。

终于，他们俩出现了，挽着胳膊，彼此倚扶着晃晃悠悠地走向墓穴。老远就能闻到一股酒味，随着他们走近越来越浓。

告别仪式上，我几乎没工夫去管司仪在干什么，我的注意力全被两兄弟前倒后歪的"舞姿"给吸引走了，一直在赌他们两人谁先倒下。最终，哥哥胜出。他突然后仰，倒在了身后的灌木上。他儿子连忙去扶，他打了个手势，意思说没摔着，一切都好，然后就继续靠在那儿，把灌木当成他的临时拐杖——他终于可以集中注意力去听司仪在说什么了。

祈福仪式也在同样的状况下进行。两兄弟靠在妻儿身上，慢慢靠近棺材，小心翼翼地拿着洒水棒，按习俗朝着棺材画十字，就像施洗礼一样。兄弟二人，一个只完成了十字的一画，一个则不小心把圣水洒在了司仪身上。后者的淡定足以让最严苛的观察者赞不绝口。

我们最担心的时刻来到了。

祈福完毕就是落葬。在填土前有个"最后一面"环节，家属应依次走向墓穴,与死者告别。在这一环节,还有一个广为流传的习俗——掷花"奥运会":把一支玫瑰或其他花扔到棺材上。

之所以说这是我们最担心的时刻,是因为走到墓穴边缘有一定的危险性。

大儿子随手扔出一支玫瑰。玫瑰落到了墓穴边缘。他试图俯下身子捡回来再扔一次——要知道他前面就是墓穴,摔下去可不得了。幸好他的儿子意识到了可能发生的悲剧,抢先出手把花捡起扔了出去。大儿子点点头谢过儿子,给弟弟让出位置,自己则倒在隔壁人家墓地的一座基督石像上。石像无力反抗,只得让他倚靠。

弟弟依稀记得刚刚在洒圣水的时候他没能洒到棺材上,所以这次变得非常专注。他闭上一只眼,瞄准后把花抛了出去。他的玫瑰花落在了棺材盖上面。他骄傲地说:"好了,妈妈,再见!"见状,老大也不甘落后,说:"对,再见,妈妈,下次见,啊!"

然后司仪走向他们,想要交给他们一些文件。

"哎呀呀,这些事去找我们媳妇!别用文件来烦我们……"

工作结束,我们辞别家属。

走出墓地的时候,我们看到从此父母双亡的两兄弟正朝旁边的酒馆走去,去那儿继续缅怀他们的母亲。

欢迎来到······

我提前到达医院停尸房。停车场空荡荡的。我在门口等候,一只手插在口袋里,一只手拿着一杯咖啡,嘴里叼着烟。

今天不算太热。

接着,我们的头也到了,一个人开着灵车来的。

另外一个同事也到了。他把车停在了灵车后面。

我们三人进入停尸房。停尸房的工作人员一边聊着丧葬业的八卦一边打开了冷藏柜。

担架上的尸体被布包裹着,布上面沾满血迹和体液。

我很想知道自己在跟谁打交道,所以揭开裹尸布看了一眼死者的脸。

死者是位女性,面部已经肿胀变红,嘴巴和鼻子里的血已经凝固。

停尸房的工作人员向我们解释,再多耽搁一天,他就要把尸体冻起来了,不然冷藏柜里全是蛆。

我们把尸体放入棺材。

我们把棺材抬上灵车

我们去墓地。每个人都开自己的车,这样,工作结束便可直接回家。

我们抵达墓地。门卫都没拿正眼瞅我们，抬手指了指，示意我们往里一直开到头。

已经有三个挖掘工人在等着我们。我们感到有些意外。他们解释说，三个人就能更快地把土填上，在墓地关门前就完事。

我们总是在墓地没人时做这项工作，大清早，或者入夜前。

我们卸下棺材。

我们把棺材抬到一个土坑上方，架在横担着的木板上。

我们用吊绳把棺材吊起，一名挖掘工人把木板撤走，我们把棺材降入土坑。棺材就位。我们抽出吊绳。

我们退出两米外，每人点了根烟。

有人说了句俏皮话，所有人都笑了。

一阵沉默。

一个说："又没话说了。"

一个说："就这样结束了，确实挺让人难受的。"

一个说："这样的越来越多了。"

沉默。这时应该有个人再讲点什么，但是没人知道该讲什么。

挖掘工人开始往坑里填土。以他们的速度，估计不等我们开回这个大型公墓的出口就能干完。

离开墓地时，我看了看手表，整个过程只用了7分钟。

我们会去喝一杯咖啡，然后再回办公室处理些别的事。

我们开始聊别的，已经忘了刚才的事。

欢迎来到……贫民墓地。

日程问题

一次,我在布列塔尼一个墓地埋葬一位过世的老太太。

家属对丧事的反应让我感到他们对此并不上心。

老人非常富有,在与我们公司签署丧葬合同时选择了桃花心木棺材。我们把高档棺材放置在家属用他们的奥迪车运来的廉价花束中间。

我开始了惯常的发言,把家属们聚过来。

"女士们先生们,请走上前围在老人身边,用你们的爱将她包围。"

家属们向前走了几步,但围绕在老人身边的是厌倦和不耐烦。

"首先,我们将共同祈祷几句,向贵府老太太告别。然后是默哀,瞻仰遗容。最后是落葬和献花。"

在场的死者家属大概二十余人,有老人的女儿、儿子、女婿、儿媳,还有孙子、外孙。他们看我的眼神就好像听到我告诉他们"飞碟马上就要来了"那样奇怪。

长子朝我走来,字字清晰地大声对我说:"仪式能不能简短些?我们和公证处约好了时间,还要赶过去办理遗产继承。"

职业风险

几年前,还是单身的时候,我曾跟几个朋友一起去一家音乐酒吧消遣。在那里,我对一位女士一见倾心。她年轻貌美,我迫不及待地同她搭讪。很快,我们就找到了很多共同点,并且显然,我们的好感是相互的。我给她讲了一个笑话,笑过之后,她问我:"我还没问你,你是做什么职业的?"

我微笑着回答:"我在殡仪馆工作。"

她立刻敛起笑容,放下酒杯,拿起放在脚边的手提包,起身离开了。我甚至连给她解释这到底是份什么样的工作的机会都没有。我后来再也没有遇到过她。

十年后,当别人不可避免地问到我的职业,我依然回答"我不知道"。

可恶的手钻

故事发生在封棺盖的时候。考虑到停车不便，家属抢在殡葬师前面，先行出发去教堂了。殡葬师们用裹尸布盖住遗体，盖上棺盖，拧上了螺丝钉。棺材封好，一切就绪，可以出发了。

但殡葬师们怎么也找不到他们的手钻了。

"去哪儿了？"

"刚刚是你拿着的。"

"没有手钻不能走，不然别人会怎么看我。"司仪补充说。

上周，他把棺材架忘在了墓地，上上周，他又把圣水缸忘在了不知什么地方。

一位殡葬师说："那我们回想一下刚刚入殓的经过，都说一下做了什么。"

"我，是我把手钻带过来的。"

"对，然后呢？"

"当时到处是花圈，所以我就把手钻放进棺材里了。"

这通埋怨。大家决定去灵车上找备用螺丝刀——费了好大的劲儿才找到，因为它被放在了座位下的一个旧盒子里——把棺材打开，看一看手钻是不是在棺材里。螺丝拧得很紧，卸起来稍微有些费力，但最终还是被拧开了。他们一起抬起棺盖，看到了手钻。

殡葬师们相互道贺——当然是以得体的方式,毕竟他们是在死者面前——然后重新封好棺盖,准备出发。他们注意到一位同事在一旁沉思,便问他怎么了。这位殡葬师问第一次是谁封的棺。但谁都记不清了。大家又问他为什么要这样问。

"为什么?我只想知道第一次封棺的人在没有这把倒霉的手钻的情况下是如何把螺丝钉钻进去的。"

注:在给几位好友讲了这个故事之后,我想有必要向各位读者强调两点。第一,是的,这个故事是真的,完全属实。第二,不知道,我也不知道是怎么钉上的。

维和行动

具体来说，死者家属分裂为两个阵营：死者儿子的阵营和死者女儿的阵营。两拨人始终保持着不下十米的距离。葬礼司仪和灵柩搬运工巴不得再有至少两三连防暴警察拦在这两群人中间。

两拨人的眼神中都充满仇恨，相互抛去敌对的目光。这种仇恨跟你因为某个人渣抢了你先找到的车位而产生的愤怒不可同日而语，这是一种纯粹的恨，最高等级的憎恶，要举例的话，那就是激进素食主义者看到斗牛时的那种感受。

敌对双方的头目是亲兄妹。他们的长相如此相似，甚至连充满杀气的眼神都一模一样。

两个阵营中，时不时有人越界，立刻就能听到另一方的人叫唤："他/她来干什么？故意来恶心我们？"

没错，就是这般克制、沉痛。

入殓对于司仪来说简直就是个真人版的策略游戏：两拨人都想参加入殓仪式——他们难得如此意见一致——但任何一方都不想跟对方的人同时待在一个房间。要想解决这个矛盾，就必须寻求妥协，封棺时也是如此。最终，儿子、女儿各派一名代表参加入殓仪式。两位代表分开站在房间的两个角落——让这间屋子更显狭小。两人都小心翼翼地避免看到对方，专注地看着殡葬师，关注着他们的一举一动。纵使殡葬师们身经百战,仍然浑身不自在。司仪站在两个代表中间,发言中尽可能地回避有关手足之情的表述,以免某一方突觉被冒犯,甚而导致流血冲突。入殓仪式结束,一位代表先离开,另一位跟在后面,但他没立刻出去,而是在门口等了一小会儿,确保前面的人已经走远才跟出去。

入殓完成,两方分道前往教堂。

死者的儿子跟他那帮人首先进入教堂。一开始,他们试图占领教堂前排和灵柩两侧的位置。但司仪拦住了他们,让他们全部坐到教堂左边的区域。随后,死者的女儿跟她的盟友也到了。一看左边被儿子那方占了,就全在右边坐下。

今天的这场仪式较为简短。原本,两个孩子都希望以父亲最好的孩子的身份在追悼会上发言。但年老的神父颇有智慧。筹备葬礼之时,他曾分别接待了两拨亲属,发现他们对于葬礼的主张完全相反。见状,他果断决定,只有那些不参与双方冲突的人才可以作为代表在葬礼上致辞。最终选定死者的童年好友来发言。这是一个很有风度的白发老人,他提及死者生前的很多趣事,让人时而发笑时而落泪。他的发言自如流畅,然而,在结尾的时候,他有些迟疑,欲言又止。但最终改了主意,含糊其辞了几句之后,充满感情地结束了他的发言。

后来,他向司仪吐露,他原本想提提死者的两个孩子,因为死者生前对他们一视同仁,希望看到他们和解。但是,当他看到二人脸上的表情,觉得还是不说为好。事后回想起来,他庆幸自己什么都没说。

接下来,亲友们起立,依次向死者告别。流程很简单:坐在教堂右边的人站起来,从灵柩右侧的圣水缸里取圣水,向遗体告别后朝出口方向走；而坐在左边的人则用灵柩左边的圣水缸，然后做完全一样的事情。

由于家属选择火葬，所以祈福环节也在教堂进行。

像以往一样，前来送别的人一多——那天人确实挺多——灵柩周围就会有点乱，刚刚起身准备去向死者告别的人会跟站在一旁的死者家属还有为了表达哀悼而在灵柩前停留过久的人混在一起。渐渐有一些嘈杂。但突然所有人都静了下来。

司仪意识到，一直担心的悲剧即将发生。

兄妹俩站在各自一侧棺材边，正面相对。那景象就好像是某种哈哈镜，可以让照镜子的人看到另一个性别的自己。同样颜色的头发，同样颜色的眼睛，同样的脸型，散发着同样的仇恨气息，阴暗的眼神充满着同样的杀气。

坦白讲，没人确切知道今天是谁先开口骂了对方，谁先朝对方吐了唾沫，谁打出第一记耳光，谁挥手反击。他们的容貌因仇恨而扭曲，互相紧紧地抓住衣领，恨不得把对方勒死。他们扭打、撕扯，周围的人，甚至面前装着父亲尸体的棺材对他们来说仿佛都不存在。

所有人都惊呆了。年迈的神父惊慌地看着厮打在一起的两兄妹，嘴里不断重复："在上帝面前请不要这样，在上帝面前请不要这样！"

完全没作用。两人什么也听不进，什么也看不见，抓着对方身上所有能抓的地方，就在教堂里大打出手。

司仪果断介入，但无济于事。情急之下，他招呼其他家属把两人分开。大家上来拉住他们，使出九牛二虎之力外加十八般武艺，终于把两人拉了开来。

本以为这对兄妹冷静下来后会为自己的行为感到羞愧和不安。根本没有。两人从不同的出口离开了教堂，最终居然没有跟他们已故的父亲告别。

司仪现在开始为年迈的神父担心。老人家坐在椅子上，面无血色，嘴里不断念叨："在他们父亲的葬礼上，在天主的殿堂里！"

受了惊吓的神父出现轻微不适，甚至需要住院治疗。出院后，他进了养老院：亲眼目睹过这一切，做弥撒的工作对他似已毫无意义。

火葬场的人就干脆多了。听闻发生的一切，出来接待的多达六人，在去火化观察室之前就把两方的人分开，并且警告说，谁要敢轻举妄动，哪怕只是挑挑眉毛，他们就立刻报警。上帝的雷霆没能让两群人服帖，警察的电击枪办到了。

歪打正着

今天要举行的是一场民事追悼。流程很简单：一段开场音乐，几句开场白；一首短诗，一段配乐；一段简短的悼词，结束语，在第三段音乐的伴奏下进行最后的遗体告别。这种仪式对任何一位司仪来说都信手拈来，更不用说今天这场只有死者亲属参加。

司仪胸有成竹。他瞥了一眼讲稿："明天黎明时分，当无际田野披上银装……"常规内容。另一段："我并没有死去，我只是去了隔壁的房间。"更是再常规不过。于是，司仪把稿子放下，试着背诵，权当消遣，仅仅是消遣。时间差不多到了，他朝大厅走去，准备在那里接待即将到来的家属。

家属按照约定的时间准时到达。司仪向来喜欢守时的人，更何况他这周日程很满，有很多工作都等着他去做。

一切就绪，仪式开始。司仪高度专注，不露一丝情感地用自己轻柔、平静的嗓音读着稿子。

然后，他开始放音乐，是巴赫的协奏曲。

音乐响起，他退后了一步，小心翼翼地倚在身后的柜子上。他知道这段音乐有些长，所以就听了起来。起初，漫不经心，渐渐地，居然就听了进去，毕竟是巴赫啊，静谧，深邃，带着些许忧伤，但又饱含力量……一周忙过一半，听到这样的音乐真是令人放松。

过了一会，他听到有人窃窃私语。家属们交头接耳，还不时地偷偷瞄他几眼。

出了什么问题吗？咦？为什么音乐突然停止了？

很快，他心中的疑团解开了。虽然他并不愿相信，但是事实就摆在那里：在仪式过程中，他站在台上睡着了。睡了很久？他也不清楚。他一边祈祷着自己没睡太久，一边继续主持："我没有死，我只是去了隔壁的房间。"之后是结束语，引导家属进行遗体告别。

仪式结束后，他在接待大厅再次遇到死者家属，那一刻简直尴尬至极。最后，竟然是刚刚失去丈夫的遗孀帮他解了围。

"谢谢，非常感谢。感谢您如此专注。通常，默哀的时间很短，而您却没有草草了事。"

三千万朋友[1]

在这个怡人的春日之晨，清凉的空气兆示着温暖而不闷热的一天。三辆德系豪华轿车开到殡葬事务所门口停了下来。殡葬师正在悠闲地喝着咖啡，翻着手中的报纸。看到这三辆车，他心中暗想，来的应该是不差钱的主儿。从车上下来的是三位长相极为相似的女士，其中一个年纪稍大些，应该是另外两位的母亲。很明显，她们都身穿高端设计师品牌的服装，一望而知不是上班族。但同时，三人又似乎刻意低调，让自己看上去不像有钱人。简单来说，她们可能就是人们所说的"波波族"。家里最逆反的孩子开一辆宝马M3敞篷跑车，而她的母亲和姐姐开的都是奔驰。姐姐开的是CLK双门轿车，母亲开的是奔驰E系轿车。从三人的妆容来看，她们的美容师在进入美妆行业前拿的估计是粉刷匠的资格证。三人似乎都在拼命地与年龄抗争：两个女儿五十多，母亲得有八十岁。她们脸上满是悲伤。看到她们走进事务所，殡葬师起身接待，把她们领到家属接待室。安排她们坐好后，殡葬师询问她们来访缘由。

殡葬师："女士们，请问我可以为你们做些什么？"

---

[1] 法国的一个动物保护协会。

母亲和女儿："呜呜……呜呜……"

殡葬师："我能够理解各位的心情。不必着急，请慢慢说，我们一起来为您逝去的家人办一场属于他的葬礼。"

母亲："是的，先生，拜托您了。"（令人心碎的啜泣。）

殡葬师："首先要麻烦您提供一下逝者的基本信息，用于办理后续相关手续。我的问题如有冒犯还请原谅。请问，死者姓名是？"

母亲和女儿："汪汪。"（这种令人心碎的哭泣甚至都能唤起机器人的同情。）

殡葬师："女士们，我理解你们的心情，请慢慢说，不着急。"

（沉默）

开奔驰的女儿："您还需要其他信息吗？"

殡葬师："呃，是的，首先是死者姓名。"

开宝马的女儿："我们刚跟您说过了！"

开奔驰的女儿："姓名是汪汪！"

母亲："我可怜的汪汪啊！"

殡葬师一愣："汪汪？呃，抱歉，还想冒昧问一句，汪先生是各位的什么人？"

母亲："它是我们忠实的伙伴，我的小狗，我可爱的汪汪！"

开宝马的女儿："它是一条约克夏。"

开奔驰的女儿："血统非常纯正。"

殡葬师："？"

母亲和女儿："？"

殡葬师："好的，那请问，对于丧事，各位有什么具体的想

78

法？"（他保持着令人钦佩的镇定，唯有手中圆珠笔的微微颤动反映出他内心的波澜。）

母亲："我想要一个漂亮的棺材，而且得是白色烤漆面，让汪汪在里面安息。这样，它就能一直陪伴在我身边，直到我离世。"

女儿们异口同声："不要，妈妈，您不要这样说！"

母亲："就是这样，我可爱的女儿们，如果有一天，我离开人世，这就是我的愿望，到时候就全由你们来处理了。回到刚才的问题，我要把汪汪的棺材摆放在我床旁边的架子上，这样它就可以像往日一样睡在我身边。请问，棺材是密封的，对吧？"

殡葬师："您是说密封棺材吗？是的，当然如此。那么我再核对一下您的要求，您想要为您的爱犬置办一口棺材。"

母亲："是的。"

殡葬师："白色烤漆面？"

母亲："是的。"

殡葬师："放置在您的床边？"

母亲："是的，等我去世后，把它跟我埋葬在一起。既然说到了，我会另找时间再来找您，为自己签一份相关的殡葬协议。"

殡葬师："如果是这样，就会涉及送货和入殓，这些工作需要灵车，并安排工作人员。"

母亲："当然！这些我都要。您不必担心费用，钱不是问题。我可以提前支付。您这边可以刷美国运通卡吧？"

殡葬师："呃，抱歉，我们没装……"

母亲："没关系，我还有一张信用卡。您不必担心，我的卡没有消费上限。"

殡葬师："我要去打个电话,跟后勤部门协调一下。请各位在此稍候片刻。"

……

来到办公室,殡葬师给上司打电话,详细讲述当前的情况。

上司："所以,她想给她的狗办后事?"

殡葬师："是的。"

上司："她愿意提前支付费用?"

殡葬师："是的。"

上司："她还要找你给自己签一份殡葬合同?"

殡葬师："是的。"

上司："你先等一下,我打电话咨询下律师。"

殡葬师一边等着上司回电,一边在电脑上准备报价单。几分钟之后,上司来了电话,喷着笑。

上司："你放手去做吧。所有她想要的,你都卖给她,这事不涉及任何违法行为。唯一需要担心的就是你的名声。但是凭我对你职业素养的了解,你肯定不会不管不顾这个正在经受痛楚的家庭。所以,去做吧,加油!"

殡葬师挂了电话,内心很是苦恼。在电话里,他能够听到电话另一头背景音中其他同事的声音,总部的同事们一定听到了刚刚通话的所有内容。怀着沉重复杂的心情,他拿起报价单,回到家属接待室。

三位女士看中了一款白色烤漆面的儿童棺材。按照要求,里面将放置一个密封锌棺,并配备空气过滤器。锌棺内壁会覆盖白色缎面软垫,放一条裹尸布,一个小枕头,枕头上用金线绣出

"WW"字样，也就是小狗名字的首字母。棺盖上镶一块铭牌，上写"汪汪，1991—2008"。铭牌并不大，所以无法在上面添加完整的家谱。家属还购买了一个带有耶稣像的十字架。殡葬师心生疑惑：难道狗也做过临终圣事？它忏悔的是什么样的罪过？棺材将由一名司仪开灵车送货，他还会负责入殓、封棺、追悼仪式等其他事宜。

听到家属们问保险起见是否该对尸体进行防腐处理，殡葬师赶忙跟她们敲定明天上门入殓。他宁要一个喷笑的上司，也不愿面对一个自觉被人嘲笑的防腐师的怒火。

因为完全不需要办理任何行政手续，所以流程简单、迅速。不过殡葬师心里还是有点打鼓，不知是否该向政府机构备案。当这位母亲下葬时，一起埋葬的小棺材可能会惹来一些疑问。

殡葬师想象了一下警员在得知自己需要去给一只狗的棺材贴封条时的表情，又想象了一下市政府民政部门的人被问及狗的下葬费用时的表情。想到这些，他觉得自己还是不要去没事找事了。等那位母亲下葬的时候，他就躲到深山的寺院里去，让所有人都找不到他。

老太太支付了汪汪的殡葬费用，又订购了几百欧元的鲜花，然后在两个爱她、支持她且与她同样难过的女儿的陪同下，体面地离开了殡葬事务所。

违章泊车

仪式进行得很顺利,甚至可以说非常顺利。坐在第一排的家属都哭了,众多来宾——来宾的确很多,女司仪到来时已注意到停车场停满了车——也都红着眼睛,泛着泪光。

女司仪用沉稳、平静的声音说完了一段串联词,然后开始播放音乐。音乐声中,她看到一位同事在用作音响设备间的教堂壁厢里向她疯狂地挥舞着手臂。

她不事声张地朝同事走去,担心同事会因如此大幅度的夸张动作受伤。

这里需要向读者说明的是,在殡葬行业有一条不成文但为所有从业者默认的黄金守则:在司仪工作时,任何人不能以任何理由打扰他。这守则背后的道理显而易见。

女司仪询问同事到底有什么紧急事项以至于甘冒如此的大不韪。得知缘由后,她一脸震惊。

她回到主持的席位,静等音乐结束。音乐播完,她按下音控台的结束键,抬起头。她走到家属那里简单地解释了几句。然后,她走回话筒后面,在偶尔被啜泣打破的寂静中,用依然沉稳的嗓音说:"接下来,我们将继续向米切尔先生表示哀悼,用一首诗,由米切尔先生的孙女希尔德嘉朗诵。"

她顿了一下,接着说:

"在此期间,请把车停在隔壁公司入口的车主去挪一下车,它堵住了卡车出口,谢谢。"

所有人都瞪大了眼睛,不敢相信这个庄重而永恒的时刻竟然会被一个如此实际的现实问题给打断。站起一位男士,他猫着腰快速向门口跑去,竭力想要逃避正在盯着他的三百多双愤怒、嘲讽的眼睛。

直到仪式结束,这位男士也没回来。

老生常谈

"先生,抱歉,想向您咨询下,在墓地撒完骨灰后,还需要做什么?火化结束后要把棺材带回去吗?"

"冒着烟"的理由

殡仪馆的工作人员到达现场，去拉两具尸体。警方征调的电话是凌晨三点打来的。一场火灾，两人死亡。一次例行任务。稍有一点波折，因为警察过于乐观，导致殡葬师们到达后还要等消防队的放行许可——消防员们需要确保着火房屋，或者说火灾现场，无任何安全隐患。

警察告诉殡葬师，死者的哥哥已经接到通知并正赶来现场。

"赶来现场？"一个年轻的殡葬师问。他一周前才开始干这行。

"那是警察的行话，就是说他会过来。"另一位年纪稍长的殡葬师给他解释了一下。

消防员提出由他们把遗体放进裹尸袋，从火灾现场搬出来。因为消防队长担心房屋会坍塌，他不想日后费口舌去解释为什么在消防员在场的情况下还会有平民被几吨的砖石砸中。

就在这时，死者的哥哥来了。他向驻守在外围阻止闲人靠近——难保有人大半夜睡不着来看热闹——的警察表明身份，警察把他领到殡葬师这里。

这位哥哥着实让人反感。原因不在于他的态度，而是他身上有某种让人厌恶的地方。说白了吧，他看上去有些老奸巨猾。他礼貌地做了自我介绍，询问接下来该做些什么。

今天负责带队的殡葬师有条不紊地向他解释：首先，作为死者家属，他应该告知殡葬师尸体需运到何处；其次，他需于次日早晨到他选定的殡仪馆，为死者选择殡葬方式。

"哦，我想，就选择火化吧。"哥哥说。

然后，他瞥了一眼四周：警车的蓝灯在夜幕中闪烁，消防员在冒着烟的废墟中忙碌着，穿着制服的警察在勘察现场。看了一圈，他的视线最终落到了装有他弟弟和弟媳遗骸的白色裹尸袋上。于是他清晰地大声说道："您得给我个折扣价，这都已经烧得差不多了。"

随之而来的是死一般的寂静。

担忧

还有几个小时葬礼就要开始了,石工从墓地回来了。

"怎么样,墓穴打开了吗?"

石工完全放松的样子反而让殡葬师更加担忧了。

"是的,打开了,但是开口很窄,我不确定棺材是否进得去。走着瞧吧!"

汪汪的葬礼

第二天,下午两点三十分,狗主人家中。碧空如洗,只飘着几片冷锋过后的积云。早上下过几场阵雨,但现在天气已经转晴。

殡葬师还是遏制不住自己的好奇心,决定亲自来为汪汪入殓。与他一同前去的还有一位司机兼搬运工,是他从几位老员工中挑选出来的,一方面因为他丰富的工作经验,一方面因为他是个冷面的人。在今天这种场合如果控制不住自己的笑,那可就糟糕透了。

门开了,三位女士出现了。与昨日怪异的装扮不同,她们今天都身着黑色丧服。

她们领着两位殡葬师进入宽敞的门厅,穿过一个大饭厅,最后来到一个装饰豪华、光线朦胧的客厅。客厅中央摆着一个独脚小圆桌,桌上摆放着汪汪的藤编狗篮。尸体腐烂的味道已经弥漫在房间中。

"我帮它梳洗过了,给它穿了衣服。"老太太说。

汪汪戴着一个项圈,穿着一件很滑稽的小狗外套。周围摆放着它的玩具。不远处的一个矮桌上还有一个小祭台,被汪汪与女主人们的照片装点着。每张照片都记录着过往的幸福时刻。看到如此情形，一位殡葬师心想是否该通知精神病院把这家人收走。他瞥了一眼身旁的同事，发现他为了抑制住笑，正狠狠地咬着脸颊内侧，希望用疼痛来分散注意力。

搬运工极力克制自己，在这种场合应有的肃穆中搬进棺材，把它打开。随后，同样是在肃穆的气氛中，两人开始进行遗体入殓。搬运工戴上手套，抱起小狗，把它放进小棺材，把它的头摆在枕头上，并为它盖上裹尸布。完成后，他小心地向司仪示意。接着，司仪宣布工作人员将暂时离开，留下家属与遗体告别，之后就要封棺。

殡葬师们走了出来，在门外等候。他们避免相互对视，极力憋住笑，感觉快要憋晕了。

太阳不可阻挡地在无瑕的天空中继续它的运行。

到了封棺时间了。

两位殡葬师回到客厅，司仪宣布封棺仪式开始。女主人流着泪冲向棺材。她亲吻、抚摸着这毛茸茸但已冰冷的小尸体。在她身后，两个女儿紧握双手悲痛地呻吟着。她们的表现甚至连最有经验的职业哭丧妇都会佩服得目瞪口呆。

随后，两个女儿一人拉住母亲的一条手臂，把她向后搀起，并向默不作声站在昏暗角落已经憋红了脸的殡葬师点了点头，示意仪式继续。两位殡葬师在小棺材周围忙碌开来：他们把裹尸布覆上死者面部（抱歉，准确地说应该是狗鼻子），把真丝软垫露出棺材的部分向内折叠好，最后盖上棺盖，开始打胶水。哀悼达到高潮，简直就像到了一个正在放映《泰坦尼克号》的电影院，放映厅里坐满了青春期少女，而银幕上正播放着迪卡普里奥的角色死去的那一段（这里想对我们没有看过《泰坦尼克号》的外星人朋友们说声抱歉,我刚刚给你们剧透了电影的结局)。总之一句话,她们哭得泣不成声。

这个白色烤漆面的木棺材里配着一个锌棺。封棺用的胶是一种特殊的黏合剂,一旦准备好(两种成分混合在一起)就要快速涂抹。黏合剂浓烈的化学味道把家属都熏了出去。

锌棺封死,再把木质外棺的棺盖用螺丝钉拧紧后,搬运工抱起棺材。两名殡葬师在前,汪汪的家属跟在后面,送葬队伍走进女主人的房间。卧床旁边原本摆放床头柜的位置立着两个架子。搬运工把棺材放在了架子上。

女主人走上来,低声说了一句"再见了汪汪",然后在棺材上面铺上了一条台布,摆上她的床头灯、一个耶稣受难的十字架,以及一张她已故丈夫的黑白照片。

丧礼结束,两位殡葬师向家属告别。

在他们离开时,女主人悄悄塞给他们一张50欧的钞票作为小费。她如此慷慨,她的痛苦又如此真实,这一刻,两位殡葬师为此前嘲笑于她而深感内疚。

最后,大女儿说了一句话,为当日葬礼画上句号:"今天的丧事办得太好了,谢谢两位。等到我们的喵喵去世,我们还会毫不犹豫地联系你们。"

致命诱惑

故事发生在我成为司仪前当搬运工的最后一周。这一天，我们前往医院太平间为死者入殓。由于到得比较早，便先去了趟遗体处理区域，那里正在进行一场尸检。

我们没进去，因为同行的同事里有一位由我带教的新人，我担心看到尸检他会晕过去，待会儿没法工作。尸检的冲击力太大，非常大。宽敞的走廊上挤满了人，有停尸房的人、警察、法医，还有一位迷人的年轻女士。她看上去三十岁左右，一头金色短发，举手投足尽显优雅，在太平间和尸检室之间来回踱着步。

"哇哦，她可真不赖！"

我盯着身旁刚入行的新人，这句感叹是他发出的。新人很瘦，二十多岁，像只兴奋的小狗。

"你喜欢这风格？"我问他。

"是啊！多火辣！我想我要过去跟她聊上几句，你觉得如何？"

"你都是这么大的人了，想做啥就做啥呗。"

毕竟，找点乐子也没什么不好的。

"没错，我上了！"

说完他就去了，果然是言出必行。

这时,司仪到了。打过招呼,他问我:"新来的那个人呢?"

从我站的地方,我看得清清楚楚,年轻女士瞪着眼睛听着她面前的小孩滔滔不绝、花言巧语。

"谁?弗兰克?他在那儿。"我回答。

"他在那儿干什么呢?"

"呃,看上去好像在作死勾搭预审法官呢。"

小路

1

老妇走在墓地的小路上。她一手提着壶水,一手提着个袋子,袋子里面装着打扫家族墓地用的物品:一个刷子,玻璃清洗剂——她之前发现这种清洗剂在抛光的花岗岩墓碑上的清洗效果好得出奇,一块擦墓碑的抹布,以及一副手套——用于保护敏感的手部皮肤。她每年两次来扫墓,确保墓碑干净整洁。她本想多来几次,但很遗憾,她住得太远,又不愿意开车。自从她丈夫去世,唯一的儿子离开之后,她强迫自己定期来墓地。

至少,那些逝去的人,她知道在哪里能够找到他们。

她反复擦拭墓碑,直到它光可鉴人。她清理掉干花枯草,摆上鲜花。打扫完毕,她收好工具,准备离开。像往常一样,她转过头看了看小路另一侧。看到离她大概两米远的贫民墓地杂草丛生,甚至已经长得跟那些小木牌一样高,再看看自己家干净得发亮的墓碑,她不禁打了个寒颤。买下并长眠在家族墓地里的祖父生前曾讲过乱葬坑。他没留太多遗憾地离开了现在这个盲人升级为"视障者"、聋人升级为"听障者"、乱葬坑升级为"贫民墓地"的世界。

老妇看到一座新坟。被一种不良的好奇心所驱使，她向前走了三步，凑近去看木牌上的字。牌子上只刻了"X先生"。这又让她打了个寒颤。安葬在这里的人失去了一切，甚至连名字也失去了。

她拿起东西，加快脚步匆匆离开。

她来时遇到的送葬车队已经离去。找不到地方停车，她当时不得不把车子停到了较远的一条阴森的小路上。庆幸的是，天还没黑。她独自走进小路，却发现车子不在那里。她原路返回，与守墓人以及两个被喊来帮忙的挖墓工人找了一圈，还是没能找到。最终大家得出一个结论：车被偷了。

好心的守墓人驾车把老妇带到了警察局。

2

在警局一间小办公室里，一位警员为老妇做笔录。老妇情绪激动，十分恐慌，她向警察描述她的车子，试图回想起车牌号。奇怪的是，记不住车牌号这件事让老妇冷静了下来。毕竟，她没在车上落下什么她特别在意的东西，她可以坐火车回家，她的车有保险，而她丈夫颇有远见地给她留下了一笔钱。车子被盗只是些许物质损失罢了，当然是可耻的偷窃行为，但并不至于造成什么不可挽回的损失。她得冷静下来，这样才能帮助警察破案。警察们很和善也很有耐心，但她也要配合才是。

她平静地回答警员的问题，提供所需的信息。警员给她端来一杯水，然后去接一个电话。她安静地喝着水。此时她注意到，就在离她不远的一面告示墙上有几张照片，其中一张被其他照片遮住了一半，只露出人物的下半张脸，而这半张脸让她觉得似曾相识。

就像在一场梦里，她起身走向告示墙，移开遮住那张脸的那些照片，顿时呆若木鸡，对一旁完全搞不清楚发生了什么的警员的呼唤充耳不闻。

"女士？女士？"

她转向警员，只说了一句："这是我儿子。"

又是一阵短暂的沉默。她把所有事情都告诉了警员：她和丈夫发现儿子吸毒，他们认定帮助儿子的最好办法是严格的管教，他们的儿子离家出走、再无踪迹，她丈夫在绝望和自责中死于癌症。

"这是我的儿子。"她再次确认，"请问您知道他在哪儿吗？就算他是罪犯，他做了坏事，这些都没关系。他是我的儿子，我想帮他，这次我一定会用正确的方式。"

警员沉默不语，眼神里有一丝悲伤。

3

殡葬师们扛起棺材向前走了三步，把棺材对准墓穴缓缓放入。这口棺材的旁边是死者父亲的棺材，这口棺材的下面是死者祖父的棺材。然后他们收好绳索远远退开，留下老妇独自在儿子的墓前默哀，她与儿子重逢的希望刚刚冒头就破灭了。

殡葬师们看着眼前这两个挖开的坟墓，思考着"天意弄人"的含义：这个，他们才把棺材放入，那个，就在两米开外，小路另一侧，他们刚刚掘开，从中移出了这具棺木——他们不久前刚把它葬下，现在则在法官的特别授权下又把它移葬于另一边。

高高的杂草中，一块没用的木牌扔在地下，上面是新近才刻的几个字：X先生。

启人深思

沉重的一天。这是殡葬行业的一种统计偏差，所有的糟心活似乎扎堆而至。当晚，殡葬师很晚才回到家，身体疲惫的他恨不得马上瘫在沙发上享受他应有的休息。但他妻子不这么看，火冒三丈地埋怨着他的各种不是：碗没有洗，垃圾没有倒，总之各种日常琐事。

起初，殡葬师还想争一争，但他想到了自己这一天碰到的事情：一个年轻人被车撞了，一个年轻的女孩被突如其来的癌症夺走了生命，一位与他妻子同龄的女士脑溢血死在了家中浴缸里，死的时候丈夫在陪两个孩子玩，三人完全没意识到悲剧的来临。

所以最终，殡葬师只说了一句话："亲爱的，我爱你。"

搞错了

追悼仪式刚刚开始。一对夫妻匆匆忙忙地走进大厅，带着一副歉疚的神情走上通往灵柩的过道，然后在棺材上献了一束花。突然，女人环顾四周，然后问司仪："抱歉，这里办的难道不是X女士的葬礼？"

说完，夫妻二人以迅雷不及掩耳之势从棺材上拿回花束，并带着同样的歉疚神情再次踏上过道，以比来时更快的脚步，在众人鸦雀无声的注视中走出了大厅。

一首哀伤的小调

殡葬事务所门厅站着一位老人,她好像有些不知所措。她的年龄难以猜测,大概六十五岁或者七十岁的样子,我走上前去问她需要什么帮助。

"我想咨询一下殡葬合同。"

"好的,您请坐。您要喝点什么?咖啡,茶,还是水?"

"谢谢,我什么都不喝,您不用麻烦了。"

其实,这对我来说一点都不麻烦,否则我也不会向她提供这些选择。老人把包放在膝盖上,不安地环顾四周,看着我的眼神就好像一个小孩听到凶神恶煞般的新西兰橄榄球队提出要跟他踢一场友谊赛。

"那么,您具体需要哪些服务?"

"简简单单的,不要太贵。"

"好的。一个葬礼?"

"不,没有必要。我不想给神父添麻烦。"

"在报纸上刊登讣告?"

"可以,但如果可能的话事后再登吧。否则,大家会觉得必须要来给我送葬。"

"好的。还有其他需求吗?"

"我想选最简单的,火化后把骨灰撒掉,不用花心思去维护墓地。我希望尽可能减少花费,这样就可以把钱留给孩子们了。另外,我还有一个问题。"

"您请讲,我在听。"

"是否可以之后再通知他们?"

"之后?"

"就是等所有都结束之后。"

"等等,您可能不想让人通知他们,但是他们肯定会想来参加您的葬礼的!"

"我知道,他们一定会觉得必须得来,可我不想打扰他们。我的一个儿子是律师,还有一个儿子是医生,他们都很忙。我丈夫离世之后——一个正派人,先生——都是儿子们来看我,我知道已经给他们添了很多麻烦。而且我也没有驾驶证。我真的只想在这一天到来的时候静静地离开,不想让任何人担忧或有负担,毕竟生活已经够辛苦了。我这一生已经很幸福了,我不想临了再去破坏别人的快乐……"

我做了一份报价单,很简单,只包含必要项。但是,我不能向她保证在她离世后不立刻通知她的家人。老人看上去有些失望,但完全理解。

"先生,谢谢您。我知道,您尽力了。"

但我并没有这样觉得。

我目送她迈着小碎步,蹑手蹑脚、几乎是贴着墙根慢慢走远。关上事务所的门,我回到办公室,拿起电话,拨了号码。

"喂?妈妈?是的,是我。没什么事,就是想问问你近况如何。"

人权

这个男子为人权、非法移民合法化、巴勒斯坦人民的权利、巴勒斯坦地区的和平与安定、取缔国内右派政党、独裁香蕉共和国的教育问题等诸多事业奋斗着。他公寓的门上贴满了各种宣传海报,足以证明他心系普世和谐,关爱那些受压迫的人。

当看到我们这些殡葬师及把我们叫来的警察时,他愣住了。当时,他正准备出门参加反核示威游行。

一位警察打破了沉默。

"您的邻居去世了。"

男子盯着我们,似乎没听懂。

"那位老太太吗?唉,什么时候的事?"

警察的眼睛一眨不眨地看着他。

"根据我们目前掌握的情况,已经两个月了。"

看到这位政治活动家惊讶的表情,警察的目光变得更加冰冷了。他指着男子门上的一张海报,念着上面的宣传口号:"'让我们结束冷漠'?嗯?说得真好!那就请您这样做,并且,赶紧离开,没什么好看的。"

自焚

我们抵达医院时,尸检已经接近尾声。警方已经确定,这应该是一起自杀案。但是,案情中的个别细节令警方感到好奇,检察官也要求进行进一步调查,以便弄清楚死者死亡时的具体情况。

通过现场勘察以及法医提供的信息,警察终于弄清发生了什么。他们感到非常震惊。在我们为尸体做入殓时,他们向我们讲述了事情的经过。死者去了原野里的一处高坡,离海不远。在那里,他往自己身上浇了汽油,甚至还喝下了一些,然后点了火。火焚被认为是最痛苦的死法,所以死者开始挣扎,摔倒,沿着山坡向下滚落。翻滚熄灭了他身上的火。结果他就躺在那儿,身体大面积深度烧伤,浑身灼热,痛苦不堪。

调查和尸检显示,死者痛苦煎熬了八个小时后才死亡,并且在垂死的这段时间里,他大部分时候是清醒、有意识的。

滑稽剧

殡仪馆近似迷宫，一侧是公共区域，一侧是各业务部门的办公区域，中间是几个追悼大厅。此外，还有修容防腐处理间、保洁室、储物室，等等。因此，当您在殡仪馆里寻找一个同时也在找您同事的时候，你们很可能互相完美错过，无法相遇。

我有些夸张……一点而已。

这是一个春暖花开的早晨，树上绽出了绿芽，鸟儿在枝头鸣叫，清新的空气中弥漫着草木的芬芳，过敏的人又开始因花粉而打喷嚏。一个刚刚失去亲人的家庭来到了殡仪馆。

您可能会问我："这不是很寻常吗？"而我会告诉您："痛苦向来都不是件寻常事。"

回到我们的故事。死者家属前来操办亲人的丧事。死者似乎是一位成熟且精力旺盛的男人，因为遗孀特意强调她不想见到X女士。殡葬师十分惊讶，试图向她解释自己无法在教堂入口要求每位来宾出示身份证件来确定谁能进谁不能进。但遗孀态度强硬，无论如何都不想见到X女士。她口中的X女士是一位个子高挑、披着金发、胸脯高挺、眼神澄澈、嘴唇丰满的女人，她是死者的情妇。这也就是为什么我刚刚说死者生前是个精力旺盛的人。

我的同事向遗孀承诺会尽力而为，至少不让这位X女士进入追悼大厅。自然，第二天，情妇就来到了我们事务所。她眼中饱含泪水，用颤抖的声音对殡葬师说，自己无法接受不能在爱人身边送他最后一程，她给予了他温情的爱，而他也同样爱着她。

这位年轻女子让人动容，她如此失落，如此不舍，如此痛苦，把殡葬师们给感动了。于是，他们往殡仪部打了电话。

"死者家属在吗？"

确认之后，女接待员回答："不在，这里没人。"

哀怨的情妇得以来到死去的情人身边致哀。

但不巧的是，死者的合法妻子突然出现在殡仪馆门口。

正在跟女接待员交谈的殡葬师一下脸色苍白，情急之下，他拦住遗孀，谎称殡葬顾问找她有要事相商，请她先等一等。与此同时，女接待员悄悄给事务所打电话求救。事务所的两位殡葬顾问接到电话后即刻开始行动。一个去迎接遗孀，称还需要她提供其亡夫的某些基本信息。一个则快速穿过办公区域，从修容防腐处理间的门进入追悼厅，向情妇解释了情况，并带她从内部区域离开。几秒钟后，遗孀就从追悼厅正门的家属入口走了进来。

从那以后，每当我看滑稽剧都会有一种似曾相识的感觉。

乱七八糟！

故事发生在一个周五的晚上，14号那个周六的前夜。值班电话响了。

这晚，与殡葬顾问一起当值的是经验颇丰的老殡葬师亨利。助理接完电话对亨利说，警方给了一个地址，要他们去现场，把尸体从那儿运到太平间。

路上，亨利琢磨着，这个地址对他来说似曾相识，但又想不起来到底是哪儿。

"肯定不是我出生的地方。"他自言自语。亨利熟知方圆五十公里以内所有人和地点。到达后，他发现，尽管他知道有这么个地方，但这里绝不是他光顾的所在。这是这一带最大的换妻俱乐部，一个放荡之人的聚集之所。之所以没人干涉他们，是因为在布列塔尼乡村这个被人遗忘的角落，那些虔诚、笃信的居民根本没明白这里发生了什么。

不过这一晚发生了什么非常明了。不久前，一个年轻温柔的女子在这个夜总会遇到了一个年老体弱的老头，出于"纯洁的真爱"而非老头的巨额资产，女子以身相许。婚后，为了进行那些适合她完美的身体条件和对健美男女火炽欲望的勾当，她经常和年迈的丈夫一起来这里。但她完全没有意识到，跟着她一起来鬼混的丈夫身体已严重透支，他为了在那些欲火焚身的年轻女子面前保持雄风，开始大量服用"伟哥"。就在这晚，性药，过量的性活动，以及狂饮的香槟，让本就在崩溃边缘的老头彻底倒下了。这就是亨利和他的伙伴所了解到的情况。

"真他妈狗血！"助理爆了粗口。

"就是个妓院。"亨利总结道。他镇静下来，把他的塑料套展开。当然不是带着异香、戴在这个夜总会其他雄性成员器官上的那种薄套子——他们依旧兴致勃勃，几乎没人注意到有人荣登极乐——而是大的、厚的、白色、不透明的、用于装尸体的袋子。

死者已被移到一个远离舞池的角落。舞池里，面目不清的人影在射灯下黏黏腻腻、不知羞耻地扭在一起，欲仙欲死……打住，还是来说说真正的死亡吧。

意外发生后，夜总会老板就把老头挪到了一个其他人看不到的地方——他力图避免给其他客户和他的营业额造成创伤——叫来急救医生实施急救。在那里，两位殡葬师把尸体装进裹尸袋，然后把袋口扎紧，捆在担架上，从一个不起眼的过道运了出去。夜总会老板把本来就很暗的灯光调得更暗了。但在这一晚，所有人都心不在焉，并没有人注意到这灯光的变化。

之后殡葬师们把尸体运到了太平间，一路上都很顺利。

……

但是，之前提到的那位年轻漂亮的寡妇呢？殡葬顾问虽然比亨利年轻许多，但也不是刚入行的新人，他请求亨利同他一起寻找。因为寡妇在这个淫乱之地的某个角落里消失了。两位殡葬师一字未提找到她时眼前那副伤风败俗的景象，不过他们关于人类的看法从此彻底颠覆。他们发现寡妇正在接受一些男人的"援手"。好不容易,她才勉强答应离开这安宁的避风港,同意次日下午晚些时候睡醒后来找殡葬顾问商谈丧事安排。

"葬礼给他弄得好一点吧,钱够的。"寡妇说道,她嘶哑着嗓子,令人敬佩地忍住了哭泣。然后,为了忘记丈夫的死给她带来的痛苦,一头扑向身边的一根肉棒。

"我们去喝一杯?"殡葬顾问问,"我想我需要一点重口味的东西。"

"谢谢,还是免了吧。今晚,我已经受够重口味了……"亨利回答,"但如果你指的是一杯不加冰的威士忌,那我不反对。"

老生常谈

"至少你这个行业不会有失业的问题!"

搞错人了

在我还只是个年轻矫健的遗体搬运工的时候,有一天接到任务,由我和一位殡葬顾问去死者家中搬运尸体。当时是秋天。夜幕刚刚降临,天有些冷,我们兜兜转转了一会儿才找到地方。那是一幢布列塔尼的老房子。我们直接走进主屋,那里只亮着一个黄色的灯泡,发着微光。房间的一角是厨房区,摆着一个柴炉,一张桌子,一个餐柜,还有一张床。朦胧中能够看到床上有个躺着的人。我们向家属表达了哀悼,并告知他们我们需要放置搬运尸体的物品。然后我们把担架搬了进来,在家属的默默注视下,铺开裹尸袋,戴上手套。准备完毕,我们转身朝床走去,准备将尸体装进殓尸袋。躺在床上的是一位穿着厚羽绒服、身材瘦小的老奶奶。

"抱歉打断一下!"

我们回头,看向说话的男子。他人很和善。据我们了解,他是死者的长子。他喊住我们,说:"先生们,我想你们搞错了。那是我妈妈,她正在睡觉。死者是我爸爸,他在隔壁房间。"

羞耻

就我个人意见,我认为可以为当日我应警方委托负责处理的那位死者颁发一个奖项。这位死者因突发心梗死亡。被发现时,他在沙发上,身上只穿着吊袜带和一件挺紧的紧身胸衣,坐在一个巨大的仿真阳具上(这是茶几上的小盒子提供的信息,盒子旁边放着一管已经用了大半的凡士林)。显然,这名男子与这假阳具有着相当私密的关系。所以,毫无疑问,可以给他颁发一个最羞耻死亡奖。

黑与白

殡葬顾问陪同死者的哥哥来到棺材展示厅。死者是一名在车祸中丧生的年轻女子。

"我们的软垫产品都在这里了,您可以随便挑。"

"我选择这款。"哥哥一边指着一款丝绸软垫一边说。

"白的吗?这个颜色有时与死者不是很配。您妹妹去世后脸色很苍白吗?全白?"

一阵尴尬……死者的哥哥克制住情绪,尽可能客气地回答:

"苍白。但不白。她是我妹妹,也是黑人,有点像我。"

失声的话筒

他终于实现了目标。当然他知道,他知道自己正处于事业的转折点。女经理把他喊到办公室,请他坐了下来,并亲自为他倒了一杯热腾腾的咖啡。随后,人事负责人也来了。两位领导面带微笑看着他,向他宣布了一个重大消息:他被任命为殡葬司仪。

"准备好了吗?"两位领导问他。他当然已经做好了准备。

第二天,领导们通知他准备接待他担任司仪后的第一位客户。他需要做的,就是跟客户商定后天葬礼的细节,做好准备工作,并且主持葬礼。

当然,升他为司仪并非领导们临时起意。过去几个月,他与其他人一起定期参加培训,学习不同的技能,学习如何接待家属、如何组织筹备,以及作为司仪哪些话当讲哪些话是禁忌……他一直跃跃欲试,如今,他终于成为了可以在台上独当一面的司仪。

所以,这将是一场属于他的仪式。

次日,他见到了死者家属。家属们人都很好,一见面就坦言,死者去世后,他们接到了很多电话,所以出席葬礼的人会很多。新晋司仪请家属们不必担心,因为他是一位专业人士。他跟家属们一起确定了葬礼上诸多细之又细的细节。整个下午,他都在为第二天做准备，准备这属于他的重要的一天。当天晚上，他一字一字地写好了作为主持人的发言稿，牢记于心，还记下了所有需要他念的稿子。他一直准备到深夜，心中一直惦记着第二天的仪式，一遍一遍地在脑子里过、加工，可以说，他的准备工作非常到位。

仪式那天早上，他吃了一顿丰盛的早餐，午餐时只吃了一份清淡的沙拉。他检查了不下四十余次自己的礼服、领带，给皮鞋上油，然后走去主持入殓。他登场的时候到了。这是一个重要时刻，属于他的重要时刻。

棺材已准备就绪。他引导灵柩搬运工把棺材在追悼厅放好，然后告诉他们在哪儿以及如何摆放花束。等他们退场后，音响助理开始播放事先选好的音乐。

音响助理本人也是一位葬礼司仪，并且具有多年的从业经验。他今天之所以在这里是为了看一看新晋司仪的表现并做出评价。建设性的批评从来都不是坏事。

新晋司仪站在话筒稍微靠后的位置，等待音乐结束。他看着注视棺材的人群，再过一会儿，他们就会把目光投向他。

他将向所有人展示，一位司仪，一位真正的司仪是什么样的。他会做得比任何一位同事都要好——他曾经给他们挑过一堆刺。

终于，音乐结束了。他向前迈了一步，走到话筒跟前，深吸一口气，环顾全场。

过了一会，人们不禁想知道，这个看着他们已经有一分钟之久的司仪准备什么时候开口。音响助理也使劲儿朝他使眼色。

"最难的是第一句。开了头就容易了。"有人之前这样告诉他。

然而，这个头他就是开不了。音响助理在确定司仪不会开口之后当机立断，做了他应该做的事情：他走到台前，拿起稿子，示意一位搬运工去负责音响，把已经僵住的同事扶到一旁，自己开始主持。新晋司仪就在一旁站着，面色苍白。人们不明白这个人莫名其妙地站在这里干什么，不过随着葬礼的进行，所有人逐渐习惯了台上有一个人站在旁边，并最终忘记了他的存在。

最后，人们向遗体告别并陆续离开。音响助理想对新晋司仪说几句话，却发现找不着他了。殡葬行业里从此再也没人听说过他。

有人说，他在斯堪的纳维亚的某个地方当伐木工人，也有人说他在撒哈拉地区参与军火走私。比较切合实际的猜测是他在布列塔尼中部的舅舅家干起了农活。人们都称赞他勤劳、善良，是为人谦逊的典范。正如我们所说的，一个"沉默寡言"的人。

失重

献给皮埃尔-夏尔

正如他的父母向负责安排葬礼的殡葬师所说的那样，在他短暂的一生中，他一直是幸福的。

"孤儿病"的特殊之处在于，首先，它们的名字往往很可怕，而且是用斯堪的纳维亚或波罗的海地区某个医生名字来命名，让人很难正确发音；其次，这些病无法根治，它们会残忍地夺去生命，就在以更残忍的方式让你活过几年之后。

不过在这个故事里，虽然死者得的病有一个我已经忘记且读不出来的斯堪的纳维亚医生的名字，却不会导致疼痛。死者从童年长到成年，开始显出衰老迹象———一点而已，而主要问题是，他长得很胖，非常胖，体重达到、甚至最终超过了四分之一吨。他有275公斤，身高一米八，仅有三岁儿童的智商，还是在状态良好的日子。他的体重使他无法独立活动。

他几乎从未离开过他的家和一切都为讨他欢心而改造的院子。他生活得很幸福，因为他没什么可以拿去比较，也没能力明白他原本应该为他的状态感到难过。不知道生活还有其他的模样又怎会对自己的生活感到不满呢？

一天，他的心脏停止了跳动。他当时略感不适，但并不害怕，因为小孩子并不理解什么是死亡。他在挚爱他的父母和兄弟姐妹的爱的包围下离开了这个世界。他的家人们都身体健康，一直以来都在照顾着他。

大男孩去世时只有22岁，手中抱着喜欢的毛绒熊。那个孩童般天真无邪的灵魂消失了，留下的只有他庞大畸形的身躯，此刻让前来处理的殡葬师担心不已。

他们量好尺寸就离开了。男孩的棺材只能定做。

防腐修容师似乎也投入了很多时间，差点没疯掉。一位同事讽刺地指出，防腐修容师成天说他们有多热爱这份职业，并且没什么事情能把他们难倒，这次刚好是证明这点的好机会。

但要完成此次遗体搬运，需要一个顶尖团队。

六名身体素质突出的搬运工被挑选了出来，因为在需要用手抬棺材的环节，任何一名搬运工都不能松劲儿。不需要用手抬的时候，搬运工会将棺材放在从300公里外一家殡仪馆借来的一辆加固推车上，这辆推车承重可达500公斤。搬运工会在去取定制棺材的同时把推车借来。

万事俱备，只剩了一个细节：男孩将被埋葬在家族墓穴中，而这个家族墓穴位于墓地中央。那是一个老墓地，地面坑坑洼洼，墓碑之间只隔着三十几厘米。墓地石工的工程车吊臂无法伸长至墓地中央，正常情况下，棺材都是靠两个搬运工拎着两头搬进去的。但这次的死者装到棺材里后总重量超过350公斤，两个人根本拎不动。

所幸，这家连锁殡葬公司在布列塔尼这个偏僻角落的分号里有一个天才，更确切地说一个天才负责人。他在殡葬行业，就好像是音乐界的莫扎特、诗歌界的波德莱尔、文学界的福楼拜。但是，殡葬仪式就是殡葬仪式，他就是他。

这是一个和蔼且无可挑剔的人。曾经，有一个家庭在去墓地的途中向他透露很遗憾没能够用拉丁语来做弥撒。他当即就用马可·奥勒留[1]的语言，也就是拉丁语，即兴主持了一个小型的安葬仪式，事先完全没准备。

他不是一位普通的殡葬司仪，他代表着殡葬司仪的天花板。在他这朵鲜花旁边，其他人都只能是绿叶。他去了趟墓地，回来时就宣布已经找到了解决方案，没问题了，可以举行葬礼了。

这就是他，他喜欢制造戏剧性的效果——一个可以容忍的小缺点。其他人听到他的话可能会怀疑，但他的团队二话不说就接受了。如果他说有办法，那他就是有办法。

葬礼开始了，死者躺在大号棺材中，陪伴他的是他生前喜欢的毛绒熊。棺材上面铺满了花瓣和他最喜欢的玩具。毋庸赘述，总之，葬礼仪式很成功，非常感人。最后，送葬队伍到达墓地。

在场的人里，有死者的家人和朋友，他们为数众多，还有殡葬师、挖墓工人、墓地管理人员，以及两个神色紧张的人，站在靠后的角落里。他们身上的衣服并不配套，而且很明显，他们不会打领带。

踩在加固的推车上，司仪主持了仪式，现在到了下葬环节。

司仪很淡定地做了个手势，示意站在后排的两个人可以开始了。于是，其中一人拿出对讲机说了几句话，只见不远处工地上的塔吊缓缓转向墓地。

---

1 121—180，古罗马皇帝，哲学家，著有《自省录》十二篇。

前来踩点的时候，司仪看到了这片谁也没注意到的工地。他去找了工头，寻求帮助。工头去问了承建商，承建商很感动，准许了司仪的请求。司仪又去找了有关当局，征得了所有部门的同意。施工单位甚至还调整了工期，安排塔吊利用早晨的时间提前演练。

吊绳缓缓地从天而降。殡葬师们把它们绑到棺材把手上，棺材被轻轻吊起。在地面人员的指挥下，塔吊庄严地把棺材吊到墓穴正上方，然后再把它轻轻放下。

时间如同静止了一样。棺材上的花瓣和毛绒玩具纹丝未动。把棺材放到底之后，一名石工跳进墓穴，把吊绳解开，吊绳随即被缓缓提起，最终消失。随后，亲友们走到墓边，有的抛下一支花，有的撒下一抔土。

最后，家属在热情地感谢了司仪后离开。死者的母亲说得很好："起初，我觉得塔吊这个主意有点病态，甚至是种侮辱。可最后……他就像是解脱了、飞走了一样。谢谢。"

有些职业需要技术，有些职业需要的则是灵活的头脑。

> **您知道吗？**
>
> ### 入殓
> ### Mise en bière
>
> 如同Croque-mort（殡葬师）一词一样，法语bière表示棺材的义项也来源于那几场鼠疫。尸体搬运工用钩子钩住尸体后，会把尸体装到一种小车上运走。这种小车就叫bierra，由法兰克语中表示"担架"的bera演变而来。后来，同样随着发音的演变，bierra变成了bière。

没有未来

警察打来电话。

"有人死在一间废弃屋里,需要你们派人到现场处理尸体。请问大概多久能到?好的,谢谢。"

我们在最短时间内抵达现场。在通商码头的一处废弃库房里,停着几辆警车,里面还有二十几个流浪汉,他们非法住在这里。不过气氛一点也不紧张,也没有对峙,只有悲伤在蔓延。但大家也有一丝担忧。一位便衣警员朝我们走来,介绍了死者的情况:死者为男性,很可能因酒精中毒而死,法医尚未发现任何疑点。他要我们把尸体带回殡仪馆妥善保存,等待警方进一步通知。我们照做了。

时间在布列塔尼冬季的寒冷潮湿中无情流逝。接下来的几周,我们零零碎碎地听到了些死者的信息。法医出于责任心也来过几次,从死者身上提取了些样本,最终这起死亡在司法层面上结案了。天气渐渐转暖,空气不再潮湿,很快,树木的秃枝上又长出了绿色的萌芽。春天来到了布列塔尼,一切都变得美好起来。

我们冷藏柜中的这位客户也随着春季的到来开始发青了。新收到的信息令人担忧。死者是波兰人,对其在世亲属的调查止步不前，而没有波兰国内的亲属接收遗体，波兰领事馆就拒绝领回他。一天早晨，处理决定终于来了：鉴于其没有亲属，考虑到其拥有法国居留证，并且其身边无人有意愿或者能力为其处理丧事，因此将由市政厅出资将其安葬在贫民墓地。

所谓"贫民墓地"，其实就是距今不远的年代人们称为"乱葬坑"的地方。当然，进步还是有的，如今，每位死者都有自己的墓穴。我们在周二下午收到了这一处理决定，考虑到相关手续的办理，执行时间被安排在周四上午。

周三上午，阳光灿烂。气温虽偏高，但并不让人难受。远方吹来的风带来了凉爽，但一点都不冷。随之而来的，是广袤世界的气息，让许多布列塔尼人想要放下一切，登船出海，踏着海浪去探险。不过那群衣衫褴褛、畏畏缩缩地向我们事务所走来的人似乎不像要立刻奔向大海的怀抱。

他们走进来，杵在门口，好奇地看着周围的各类殡葬用品，牌匾，假花，以及墓碑样品。过了一会儿，一位同事上前询问他们的来意。其实，我们认识他们中的几个，至少见过，遇到过他们在路上乞讨。他们乞讨时很有礼貌，但显得很笨拙，像是想要以一种正确的方式去做，但又不知道该怎么做。

"先生们，女士们，需要我帮忙吗？"

这位同事是典型的"在殡葬业工作要避免说'你好'"派——关于"你好"这一措辞，业内一直有激烈争论，在这些同行眼中，殡葬并不只是一份用来养家糊口的工作。

"是为了我们的朋友。他在这里已经有四个月了。市政厅告诉我们明天他就要入土了。"

"对的，明天早晨。"

"我们想知道明天的流程。"

"明天我们会把他送到墓地,落葬,然后立个牌子,上面会有他的名字,就这样。"

"啊,好的。呃,没有葬礼吗?"

"没有,没有安排。因为这是位贫民,我们只是按市政厅民政处的指示操作而已。"

一片沉默。这群人的"发言人"需要时间来记忆他刚刚听到的这些词,并试图理解这些词组合在一起是什么意思。

"好的,我想想。呃,我们想知道,如果要办仪式的话,需要多少钱?"

"这要视情况而定。您想要什么样的仪式?"

"就想在墓前简单说几句,别让他孤独地离开。我们有一点点钱,可以凑凑份子。您明白我的意思吗?就是想表示一下。"

"我明白了。请稍等。我来看看怎么办。"

办公室里开起了紧急会议,说了什么并不重要,可能是类似这样的话:

"好,可以,明天上午我们没有其他安排。"

或者:

"我们也可以有所表示。"

以及:

"为什么不呢?"

然后,门开了,殡葬师出来对他们说:"安排好了,明天会有司仪到场,你可以跟他沟通你们的想法。十点墓地见,可以吗?"

"太好了!但我们想了解一下,费用大概多少呢?"

"费用就算了,不需要加钱的。"

当然,这是一个善良的谎言。毕竟,我们这些殡葬师,不是只知道靠殡葬来赚钱的人,对吧?

第二天上午,十点钟,大概有三十多个着装怪异的流浪者聚集在墓地门口。门卫不让他们带狗进墓地。最终,他们选择派一位刚刚入伙的新人在门口看狗。这位"志愿者"并不认识死者,来墓地也只是出于礼节。

随后,听完到场的司仪解释流程,这伙人跟着灵车进入了墓地。他们穿过整个凯尔福特拉公墓,来到了被树篱得体地遮挡住的贫民墓地。

在墓穴旁等待遗体搬运队伍的挖墓工人惊讶地看着这伙奇怪的人。他们挖了一个很简单的坑,深度只有一米二多一点。在正对墓穴的小路上,殡葬师们放好支架,又把棺材放到支架上。

司仪朝这伙人走去,问:"我们现在做什么?"

"我们讨论过了,我们想放点音乐,然后等棺材放进去后,送他一些东西一起埋了。这样可以吗?"

"当然可以。歌名是什么?我来报。"

"您有CD播放机吗?如果没有,我们带了。就用我们的吧,碟片已经放在里面了。用不着报歌名,我们都知道这首歌。"

"好的,就按照您说的来。那么我们开始。"

"呃,我们可以在灵柩上摆花吗?"一个脑袋光滑得如同结冰湖面一般的光头女孩问。

愿望达成。几束参差不齐的鲜花摆到了棺木上,很显然,其中大部分并不是从花店买来的。

不远处，一只正围着某座墓前的鲜花飞舞的蝴蝶捕捉到了两个挖墓工人的对话，他们隶属市政部门：

"你觉得不，那些花出奇地像市园林局在公园里种的花？"

"觉得啊，确实很像。"

"那你觉得咱们要去反映吗？"

"园林局那帮人拿咱们这些墓地工人当瘟疫，见了面招呼都不打，你要向他们揭发这些伤心的年轻人？"

"的确如此，你说得对。这些年轻人真的很难过。听，什么声音？"

这是葬礼传来的声音。葬礼是这样进行的：司仪首先请所有人围着棺材站定，接着请所有人拉起手默哀，默哀完毕，他宣布接下来播放一段音乐，并示意负责播放的人开始。他的暗示很隐蔽，稍稍转一下头、食指轻点一下之类的。那人似乎有点恍惚，不确定自己是否正确领会了司仪的意思，用尽全部力气问道：

"您是说我可以放音乐了？"

"是的！"

当天的天气确实很好，气温差不多二十度，不冷不热，还有小风温柔地吹拂着草坪和交叉在小路上方的树枝上萌生的嫩芽，不时地发出沙沙声。但现在，这天籁被一个奇怪的声音覆盖了：

"I am an antichrist, I am an anarchist! Don't know what I want but I know how to get it. I wanna destroy the passer by cos i…"[1]

---

[1] 放的这首歌是朋克摇滚先锋、当时叛逆青年的偶像、英国音乐组合性手枪乐队1976年的争议歌曲《联合王国的无政府主义》（*Anarchy in the UK*）。歌词大意：我是一个反基督者，我是一个无政府主义者，我不知道我想要什么，但是我知道如何得到我想要的。我想要毁灭路人，因为我……

过了一会儿，音乐播完，流浪者们后退了几步，轮到殡葬师登场了。他们把棺材抬到墓穴上方，用吊绳把它慢慢降入墓穴。完成后，他们后撤，司仪示意死者的朋友、伙伴、一起乞讨的"同事"，以及一同非法占据空置房屋的"室友"，可以同死者进行最后的告别。

他们有自己的告别方式。

所有人依次走到墓穴旁，放入一件属于他们的纪念品。

有些人往墓穴中扔了几张公交车票，随后扔进去的还有：乞讨用的小碟子，硬币，一罐工业用胶水——赠送者解释说用这个固定朋克的鸡冠发型再合适不过了，他自己就是这样的发型，一把小刀，一副手套，几根鞋带，几个打火机，一些火柴，一包散装烟丝，几片叶子，甚至还有一根很粗的像大麻烟一样的东西……随后，好几个人拿出啤酒，开始了同样的仪式：站在墓前，打开瓶盖，郑重地举起酒瓶，大叫一声"哥们儿，干杯！"，自己先喝上几口，然后伸直手臂，把瓶中剩下的酒都倒入了墓穴。真是名副其实的"送行酒"！

做完这些，所有人都离开了。这伙人结成一队，走出墓地，与那位临时选出来看狗的同伴会合——墓地入口处的小停车场俨然成了一个临时犬舍。

灵车驶离墓地时，那群人朝着殡葬师们疯狂挥手，把他们拦停。领头的朝殡葬师们走来。

"我们想谢谢你们。这是给你们的。"

他边说边提起一个叮当作响的塑料袋，里面装着四瓶啤酒和10欧元。

"这是我们的一点心意。不要拒绝，否则我们会不高兴的。"

"既然这样，那我们就收下了。谢谢。不过能让你们在葬礼上表达哀思我们已经很满足了。"

"他不是第一个离开我们的伙伴了，但其他人一般不欢迎我们来墓地。请问，下一次，碰到同样的情况，我们还可以找您吗？可以直接联系您吗？"

"呃，不行，最好联系警察，这是程序上的要求。您可以让警察联系我们，警察认识我们。"

说完，殡葬师们就走了。

回到事务所车库，一位殡葬师问："怎么处理这些啤酒？"

司仪想了想，说："放冰箱吧，这里有的是冰箱。"

性高潮

"我爱你!我爱你!我爱你!"

性爱的尖叫自炎热潮湿的春日午后升起。空气随之震动,叫声越来越响。

"对,就这样,对,对,对!"女孩发自心底地欢叫,毫不遮掩地向伴侣表达着自己的满足。

"啊!啊!啊!"他热切地应和着,喉音更重,毫不含糊地回应着女伴满足、享受的叫声。

快感化作声音震动空气,从女孩居住的这间学生公寓大开着的窗户传了出去,在空气中扩散,就如同伴侣的精液即将布满她的私处——从他渐强的叫喊中能感觉到这一刻即将来临。

"我爱你!啊!啊!啊!"叫声持续不断。

没有人可以质疑这声音的强度,它从二楼的公寓窗户中飞出,穿过狭窄的街道,顺利飞跃墓地的矮墙,并最终抵达了最近的墓穴。挖开的墓穴就像女孩公寓大开着的窗户,也像极了女孩分开的双腿。

毫无疑问,待会儿,当这个刚刚在床上驰骋、满足了女伴的男子走到窗边准备点一支烟的时候,他会看到,在那个挖开的墓穴前，死者家属和殡葬司仪气得眼中冒火，而在埋葬死者的同时把他们在床上嬉戏的声音尽收耳底的搬运工则交换着嘲讽和淫邪的目光。这时，他一定会哀叹："啊，不！"

我叫海默,阿尔茨·海默

第一幕:电话

电话接线员:"您好,这里是殡葬事务所。"

家属:"您好!我是马丁夫人的家属。我们已经在医院太平间了,正在等你们的人。目前还没有人到,这是怎么回事?"

电话接线员(看了看排班表):"抱歉,您刚刚说的死者姓名是?"

家属:"我们是马丁夫人的家属,热尔特律德·马丁。她上周二刚去世。"

电话接线员:"……"

家属:"喂?您还在听吗?是殡葬事务所吗?"

电话接线员:"对的对的。先生,请您原地等候。我们的工作人员马上就到。"

第二幕:调度室

电话接线员:"有一家姓马丁的,你有印象吗?"
排班员:"没听说过。谁啊?"

电话接线员："这家的家属在等我们。他们说之前在我们这里签的殡葬合同,现在正等着咱们的人过去。"

排班员(放声大笑)："不可能,这绝对不可能。别担心,他们肯定搞错事务所了。在我们这里绝对不会出现这么严重的疏漏。来,我们去办公室查查上周的家属接待档案,这样你就放心了。"

电话接线员："那你笑什么?"

排班员："笑我们的某位同行啊,笑他没能按时抵达。我很同情他啊。"

第三幕:经理办公室

排班员："经理,我们现在遇到了一个问题……"

经理："发生什么事了?你脸色看上去不太好。坐下说吧。要不要喝点水?或者去看看医生?到底出了什么事?"

排班员："经理……"

经理："什么事?说吧!还能有什么严重的事?"

排班员："我们忘了一桩送殡任务。"

经理："啊?不可能!这可是我亲自设计的工作流程,高效、缜密。你肯定在逗我!"

排班员："可我真没开玩笑,我已经确认过了。我们接待了死者家属,签订了殡葬合同,也收了家属预付款的支票,把材料放在了调度室,然后就没人管了。眼下我们没人可差,所有的灵车都派出去了,棺材没准备好,相关文件也没准备,死者家属在太平间等着,神父在教堂等着,挖墓工人在墓地等着,只有我们什么都没准备。"

后记

葬礼改到了两天后。没收家属一分钱。丑闻被掩盖了。

先入之见

为标新立异,很多人会在遗愿里要求在自己火化时播放强尼·哈里戴的歌曲《点火》。火葬场的工作人员委托我告知各位:你们的选择很没品位,天天都有人放这首歌,他们已经听腻了。所以说你们想错了,选择这首歌曲根本毫无创意!

埃里克

埃里克死了。埃里克是谁？我不知道。只知道他是名男性。在他很小的时候，他的母亲就去世了，据说是在产褥期里去世的。接着，在他三岁时，他的父亲也去世了。有人注意到他也没有其他亲戚。于是根据所在省的卫生与社会事务局的安排，他被送入福利院抚养。成年后，他流落街头。他工作过，而且一直在工作，但没交过朋友。谁也不知道他是何时以及如何染上毒瘾的。但即便毒瘾缠身，埃里克也从未停止过工作，他孤身一人，一直在做着这个社会期待他做的事情。

现在他死了，是没有掌握好毒品剂量还是彻底厌倦了生活？他因吸毒过量死在了南锡。他生前住在孚日地区。

他的账户中还有些余额。在他的住所，人们找到了一些物件，但是没有家庭照，也没有记录朋友联系方式的通讯录，因为他既没有家人也没有朋友。只找到了一名社工的电话，该社工见过他一次，为了帮他填表申报收入。

通过整合某些信息，政府工作人员和社工发现，死者生前希望死后埋在孚日地区，与他父亲合葬在同一个墓穴。之所以是父亲，是因为没人知道他母亲的墓在哪儿。

政府与我联系，委托我处理埃里克的后事。经当局批准，殡葬费用将直接通过死者账户支付。我开始着手准备遗体运送事宜，让他能够如愿回到孚日地区与父亲合葬。但是我遇到了一个难题：死者父亲被埋在地下1.5米处，若要把埃里克埋进同一个墓穴，则需要把他父亲的尸骨挖出来，放在尸骨盒里，然后才能把两人并排埋入墓中。但是，法律对此有明确规定：掘墓须获得权利人即家属的同意。埃里克没有家人，甚至连远房亲戚都没有，也没有朋友可以证明他同意把父亲的墓挖开。

公墓所在地的镇长可以使用其警察权限[1]发起这一操作。但是死者父亲购买了墓地二十年的使用权限。因此，从理论上来说，镇长没有行使这一权力的合理理由。

埃里克下葬的问题被提交给了省政府处理。最终决定如下：埃里克有存款，也有墓，并且他生前希望葬在父亲身边，但鉴于无人在相关文件上签字，且没有可以依据的法律条款，所以埃里克将被葬在南锡附近的贫民墓地——说白了就是乱葬坑。政府会先向我们垫付埃里克的殡葬费用，之后，再从埃里克账户中扣回这笔钱。待后事办完，剩余的存款将转给公证处，由公证处负责继续寻找继承人。如果找不到继承人，这笔存款将被收归国库，其他遗物则捐给慈善机构。

而若干年后，埃里克和他父亲的尸骨都会被扔进尸骨堆。

我就此事给共和国总统写了一封信，希望他能够签署这份无人敢于担责签署的文件。可即使总统奇迹般地回复了，也很可能为时已晚。我在信里写：他叫埃里克。终年四十五岁。他一生孤苦伶仃，没人关心他。等他被埋葬，世间将无人记得他。所以，

---

[1] 法国的民选地方长官在其市镇范围内拥有行政警察和司法警察的权限。

我希望他在这个世界上能有属于他自己的位置。

可能有人想知道这件事后来怎样了。时任总统没有回复，他甚至也没能连任，而据我所知，埃里克至今还在那个人们安葬他的地方，还未与父亲团聚。

色情故事

这是个美好的夏日，他浑身是汗，简直进入了忘我的境界。节奏正合适，一切都在他的掌控中，他专注于此。妻子跪在他身前，上身趴在沙发上，头埋在沙发垫子里，全身赤裸，湿漉漉的，整个身体都向他打开，承受着他一次又一次的进攻。他感觉高潮将至，加快了节奏，越来越快，直到高潮来临，他紧紧贴在妻子的背上。随后，他的肌肉松弛下来，他松开妻子，一头瘫倒在她边上。妻子一动不动，肯定是还沉浸在刚刚的愉悦中。

"亲爱的，这绝对是我最喜欢的姿势！"

妻子没有回答。

"亲爱的？亲爱的？"

他俯身朝向妻子。

他惊惧的大叫把邻居们都吓了一跳。

殡葬师抵达的时候，看到丈夫——抱歉，准确地说应该是鳏夫——正坐在厨房里，他裹着浴巾，受到了惊吓。妻子依然埋首于沙发，保持着先前的姿势。急救医生认为警方可能会展开死因调查，因此未让人挪动尸体。

不过警方不认为需要调查：这是一起自然死亡，如果可以把死者的动脉瘤破裂称作自然的话。

死者圆润的臀部暴露在众人眼前，当然也包括她的私处……

殡葬师对眼前的场景视若无睹。他们非常专业地打开了裹尸袋，把死者的身体放平并装入袋中。然后，他们封好裹尸袋，搬上担架，再抬入遗体接运车。

殡葬师又再次回到死者家中，告诉丈夫尸体将被运往哪里，以及作为丈夫的他应当办理哪些手续。说完，殡葬师告辞，随遗体接运车一起离开。

后来，一位在场的殡葬师给我讲了这个故事，他吞吞吐吐："在接下来的几个月，每当我跟老婆……你懂的，我都会想起当时的场景。"

名片

轻便摩托车在国道上扭着屁股,随着车手的心情,忽左忽右地超过其他车辆,欢快地穿越路中央的白色实线。这头装着马达、明显脱缰的野兽尽情享受着驰骋之乐,骑着它的两位少年似乎乐翻了——此处只是比喻。

简言之,这是两个骑改装车的熊孩子,小浑球,他们深受"新纪元"运动影像的父母认为踢孩子屁股这样的严厉管教方式不利于帮助孩子构建包容和开放的人格。

两个少年到达了目的地,布列塔尼乡下小村里的一家烟杂店。他们停好轻便摩托,其中一人去买烟,另外一人站在车前,看有没有女人值得他吹轻浮的口哨。或许可以"蹭"上几个手机号码。

是的,我这里用年轻人的语言,"蹭"些年轻读者"的说"。

负责看车的少年没有马上注意到有一辆加长的车辆停在了他的身后,也没有注意到有一位穿正装的男士从车上下来并迈着坚定的步伐朝他走来。等他转过头来,立刻吓得脸色苍白:这家伙身材高大,高大到足以把他痛打一顿,而且神情非常严肃,丝毫没有开玩笑的样子。

他不知道男士是谁,但他认出了后面停着的那辆车,正是他刚刚在路上从右侧疾速超过的那辆。当这辆车想要反超时,他也加了速,然后在路上"8"字形地扭来扭去,发出一个谁也不会误解的明确信号:"就是要让你好看!"

穿正装的大块头走到少年面前,从上到下打量了他一番,然后快速瞥了一眼摩托车,把手插入口袋,掏出一张名片递给少年。

"拿着,把它给你妈妈。"

接着,最惊悚的时刻来了:男子咧开嘴冲少年笑了笑,一句话也没说就离开了。

少年仔细看了看名片,脸色更白了。名片上写着"赫尔维,殡葬服务"。

尽管同伴一直抱怨,但这位少年在返程路上一直小心翼翼,始终靠右行驶并严格遵守了道路限速规定。

竖中指

最糟糕的？火车……

当然,我说的不是法国国家铁路公司本身,而是那些在火车全速驶来时跳轨的人……给死在火车车轮下的人收过尸的不多,我是其中一员。

有一点要说清楚。人分两类:一类是曾在火车撞人——不论是自杀还是意外——事故发生后在半径500米范围内搜索、捡拾过尸块的人,一类是其他人。

这次显然是一起自杀。死者留下一封遗书,然后就站到了一个弯道内。那里是火车司机视野盲区。火车撞到他时,时速高达300公里/时。他被撞得粉碎,尸体碎片到处都是。

我们拿着垃圾袋,沿着铁道并在周边区域搜寻残骸。能捡的我们都捡了。找了一阵再无新发现,我们就把各自手中的袋子都放进一个裹尸袋,返回办公室,为死者办理殡葬手续。火车继续上路,前往德国。

法医只是简单检查了一下,从残骸上提取了几个样本,以确定有无下毒痕迹。这是一项例行工作。他注意到死者尸体仍有残缺,猜测可能是被野兽叼走了。这一推断很合理,因为事发地点常有狐狸出没。

死者生前患有抑郁症，他的妻子离开了他，他也丢了工作，除此之外，并无特殊之处。家属想要回尸体办后事，没有任何理由拒绝他们。最终检察官在火化许可文件上签了字。

尸体被运往火化间，随后，骨灰被埋入家族墓穴，沉浸在悲痛和自责中的亲属也都散去。一切都是那么司空见惯。

几天后，我们接到了德国警察打来的电话。

电话里，这位德国警察说法语，但带有浓重的德国口音。

"啊，您'耗'啊，朋'右'！"他说。

"Guten tag[1]！请问有什么事？"

"是这样，我们遇到一点麻烦。有人对你们的一列火车进行常规检查，给我们报警，您知道？"

"呃……是，但您为什么……"

"您那里有个人跳轨自杀，您知道？"

"啊，我记得！"

"什么都不缺？"

"可能吧，没法确定。他被撞得粉碎。"

"猜猜看？我打赌，他少一条胳膊！"

"一条胳膊？啊，是的，好像是这样……抱歉，我只是大致听说过这件事。"

"因为是我找到的，这条胳膊！它被卡在火车下面的一个角落里！"

"天啊……"

"就像您说的。所以我现在该怎么办？"

---

1 德语：您好。

"呃，我也不是很清楚。死者已经被火化了，我不知道该如何告诉他的家属。"

"能够理解。那我跟火葬场联系。我们可以把这只胳膊当成截肢废弃物，神不知鬼不觉地处理掉。"

"好的，太感谢您了，朋友！"

我对这位德国友人说，下次，如果他带着家人来法国旅游，我一定请他们喝香槟、吃法餐。不过是地主之谊而已。

这断肢或许就像一根竖起的中指？可我又能做什么呢，难道要指控死者死后侮辱我吗？

不善言辞

殡葬顾问非常高兴：现在已是周五晚上六点，他终于可以享受他一个月以来第一个双休日了。他穿过殡仪馆，去往停车场。途中遇到来办丧事的一家人，他竟不由自主地说了句："周末快乐，周一见！"

傻人有傻福

首先有法规，同时还有法的精神，以及其他一些元素，如，最基本的洞察他人心理的能力，极强的随机应变的能力，特别是，尤其是，常识，这一切决定了我们一旦穿上了殡葬师的制服，就不可肆意妄为。

所谓常识，指在不需要他人解释的情况下便懂得什么是不可为的。当然，这种能力的培养与教育息息相关，但这里所说的教育并非特指高层次的深入学习，而是最基本的教养，比如掌握"您好""谢谢""再见"等基本礼貌用语。再稍微讲点逻辑，那便足矣。

曾有这样一位殡葬师，他来自一个殡葬大家族。这里所说的"大"并非指名气大，仅指该家族中从事殡葬行业的人数量众多。这位殡葬师与众多兄弟姐妹共同接管了父亲创办的家族企业。父亲对子女的能力心知肚明，因此，他还尽可能投资了其他领域。

这位殡葬师是家里的长子，绝对是所有孩子里最聪明的一个。那次他到南锡去接运遗体，以将其送回几百公里外的家乡安葬。但在此之前，遗体会暂时存放在这家殡仪馆内。

故事发生在一个周日。这个信息非常关键，因为周日，警察局负责殡葬事务的部门不办公,因此,死者身份手环的佩戴事宜将由当值巡警负责。该具尸体将被送往异地安葬,所以这个手环是必不可少的。

那天,局子里只有一位警察。他一整天都在忙活——每个月中总会有几天是这样的,这已经是他第三次向殡葬师解释并承诺,只要能抽出身,他一定会第一时间赶往殡仪馆。因为警局里除他以外的所有警察都已出警,忙于处理各类案件:打架、斗殴、抢劫、强奸、事故、家暴、闹事,等等。他走了,谁来看店?这个"店"可是位于罗布大道的南锡中央警察局啊!反正殡仪馆的死人不会逃跑。而且,大概也只需要再等一两个小时,情况就会好转,那些自相残杀的洛林人民就会平静下来,乖乖回家看德吕克尔[1]的电视节目去了。

殡葬师已经等了四十五分钟。他很有规律地每隔十分钟就给警局打一次电话。等这么久完全是他自食其果:他准备好了文件,来到死者家中,把尸体装进裹尸袋,干完这些事他才想起来联系警局,告知警察他马上就要上路,需要死者的身份手环。这事他早该提前筹划。

警察第三次挂上了电话,在接待处继续忙着手头上的事情。几分钟后,他看到一位身着正装的男士走了进来,男子看上去迷迷糊糊,傻头傻脑。

"您好,请问您有什么事?"

男子给了他一个大大的微笑。

"我是殡仪馆的。我来拿手环。"

---

[1] 法国著名电视综艺节目主持人。

警察习惯了各种误会，纠正他："拿手环？您知道的，只有警官才可以给死者佩戴手环。您完全没必要亲自跑一趟，原地等着就行。"

殡葬师回答："啊，是的，我很清楚。现在死者就在楼下。"

警察往窗外看去。的确，有一辆打着双闪的灵车停在门口的林荫道上，堵住了一根行车道。

他实在无法抑制自己的好奇心，拿起桌上早已经备好的手环及工具，出门去看这个傻头傻脑的殡葬师到底在搞些什么。殡葬师走到灵车旁，先后打开了车的后门以及冷柜，正准备把担架拉出来的时候，警察果断阻止了他。

"喂！停下！你这是要做什么？你不是在开玩笑吧？你不能仅仅因为要我给他带个手环就在这里把尸体拉出来。现在是周日下午，这里又是主干道！你是想上《东部共和报》的头条吗？"

殡葬师两眼直勾勾地看着警察："那我该怎么办呢？"

警察叹了口气："你自己想办法，具体什么方法我并不想知道。我只想让你赶紧把灵车开走！"

殡葬师接着问警察是否可以由他自己来给尸体佩戴手环，他知道如何做。为了让灵车赶紧离开，警察同意了。在警察看来，要是他知道如何处理这辆灵车和车内的尸体，他肯定会给省长打电话要求他签署行政命令把这个殡葬师送进精神病院。

殡葬师接过手环及佩戴工具，钻进冷柜，趴在尸体上给死者戴手环。

看着眼前这个现在只有两条腿伸在外面的人，警察不禁考虑是否要向省长申请把自己送进精神病院。在他漫长和丰富的职业生涯中，他还是头一回遇到这种人。

最后，殡葬师出来了。外套、衬衫、领带上都沾满了冷凝水。他礼貌地向警察致谢并归还了钳子，关上了冷柜和车门，咧着嘴向警察高兴地笑着。

"好了，现在一切都妥了呗？那我就出发了。"

警察忍无可忍。殡葬师从未被如此激烈地训斥过。可是警察得到的反馈，仅仅是无声的沉默和呆滞并隐约流露着忧伤的眼神。最终，警察无奈地放弃了。

殡葬师礼貌地向警察告辞，开车上路了，他要把客户送到他在这个世界上最后的安息地。

警察独自一人回到办公室。他思索了片刻，打开抽屉，从中拿出了他几周以来迟迟没有填写的一份文件。他一笔一画地认真填写了表格，申请退休。

职业病

那还是在无论何时接到任务殡葬师都会毫不犹豫地前往死者家中为其准备后事的年代。这一天，当值的殡葬团队深夜接到电话，需要他们去处理一名相对来说可算是猝死的死者。不幸降临了一家幸福的家庭，即便他们曾多次遭遇命运的打击。一对五十多岁的老两口一起住，他们没有孩子，但是他们用爱和默契弥补了这一遗憾，两人的感情日久弥坚。与他们一同生活的还有两个侄女。多几年前，两个女孩的父母双双离世，于是老两口收留了她们。女孩们的父母惨死于一场交通事故，事发时，他们被困于着火的汽车残骸中，被活活烧死在两个女儿的眼前。

殡葬师们到了。那个时候，人们乐意花时间把事情做得尽善尽美，所以这个团队中包含一位殡葬顾问、一位遗体修容化妆师和两位助手。他们来到死者家中，确认两个女孩的姑母已经死亡。姑母长期忍受病痛滋扰，当天，她的病情突然恶化，几小时后便离开了人世。房子里所有人都处于惊恐之中。两个女孩泪流不止，她们的姑父似乎还没有完全接受爱人已故的残酷现实。

殡葬师们费了好大劲才把遗体搬出来。因为两个侄女一直抱着姑母的遗体，而她们的姑父则站在一旁，用近乎麻木的眼神扫视着房间，就好像他第一次看到周围的一切。他对身边的混乱充耳不闻,完全遁入了他自己的世界。

死者的丈夫最终回过神来,应他的要求,遗体被运往殡仪馆。殡葬顾问一个人留在死者家里,陪着两个泪流不止的侄女和死者的丈夫——他现在突然又异乎寻常的平静。这是暴风雨来临前的平静。

与这个外省滨海小城里的许多人一样,这位殡葬顾问也是海军出身。他曾是一名海军陆战队员,更确切地说,是特种部队成员。四十岁一过,疲于在荆棘丛生的世界中长途跋涉,他申请了退休。离开部队后,他找到了现在这份工作。这是一个了解什么是危险的人:他曾多次与死亡擦肩而过,跟他特种部队的同僚一样,在紧急关头,他能够保持冷静、积极思考对策。

他就是这样一个人。

他和死者家属围坐在客厅餐桌边,填写各项文件,忙着为死者料理后事。都安排好了,只待次日联系神父预约葬礼日期了。关于费用的支付,死者丈夫补充道:"家里所有的东西都归两个侄女,您把账单转给公证员,他会把费用支付给您。"

没人出声。紧接着,死者丈夫又详细告知两个侄女,他与死去的姑母都买了人寿保险,她们俩是受益人,这样日后,她们便不必为生计发愁。殡葬顾问感觉脑子里有个警钟正在敲响,但他也不确定这警钟到底在警示什么。最后,死者丈夫补充说,自己的葬礼与妻子一样即可。这时,两个侄女赶忙打断了他的话:"别这样说,姑父,不要说这种话。"

死者丈夫似乎并没听到女孩子们的话。这时,所有文件都已起草并签署完毕。死者丈夫坚持让殡葬顾问再留一会儿喝一杯咖啡:"您深夜前来,我们能为您做的只有这么多了。"

所有人都围着餐桌坐着,每个人面前都摆上了咖啡。

死者丈夫再次确认:"所有事宜都安排妥当了吧?"

殡葬顾问向他确认,一切事宜都已安排妥当。

于是,死者丈夫起身朝通往卧室的走廊走去,边走嘴里边念叨:"抱歉,我忘了一件事。"他的举动看上去像是去找某份文件。

殡葬顾问和两个难过的女孩待在客厅,客厅里非常安静,只有女孩们呜咽啜泣的声音,他面前的咖啡依然冒着热气。他偷偷瞥了一眼自己的手表,发现已经是凌晨四点零五分了。在他脑袋中的某个地方,警钟依然在不断鸣响。

突然,一声枪响打破了寂静。各种他未能及时破解含义的蛛丝马迹终于在他眼前串连了起来。

两个侄女年纪轻,加上熟悉房屋结构,赶在殡葬顾问前冲进了她们姑父的卧室,看到姑父倒在床上,身体还在抽搐。两个侄女跑了过去,她们趴在姑父身上,痛苦地哭喊着。刚刚离世的死者手中握着一把冒着烟的贝雷塔92F自动手枪,地上有一颗9毫米的帕拉贝伦手枪子弹。空气中弥漫着鲜血和弹药的味道。

这位殡葬顾问,也就是曾经的海军陆战队士兵,把眼前的一切细节都印刻在了脑海中,他的大脑在飞速运转。很快,他的思绪聚焦于一点:上了膛的武器和两个惊慌失措的侄女。在他看来,眼前的场景极其危险,训练中的反应本能地占了上风。他拿起手枪,关上保险,卸下弹夹,迅速放入自己的口袋,然后,他把已经上膛的子弹从枪膛取出,把贝雷塔手枪大卸八块,任由零件散落于地。

随后,他朝电话走去。拨号前,他想了想此时谁最能帮得上忙，然后拨通了医疗急救和报警电话。

二十分钟后，案发现场挤满了人，除了死者夫妇两名悲痛欲绝的侄女、一具脑袋被打穿的尸体，还有拿着装满镇定剂针管和死亡证明的医生，以及愤怒的警察。警察大声喊着："什么都不要碰！"

殡葬师一直待在房间的一角，没人注意到他。过了一会，他看到有个人朝他走来，嘴里似乎在嘟哝："我不喜欢在凌晨四点半的时候被人从床上拽起来，我不喜欢处理这乱七八糟的事情，我也不喜欢这些无辜的平民给我的调查添乱。"

"晚上好，先生，或许应该说早上好！"警察说。

"晚上好，警长！"那时候警察仍然被称为"警长"，而不是"中尉"。

"有些事情我没搞明白，或许您可以向我解释下！"

"解释什么？"

"您说女孩的姑父是自杀的？"

"是的，几乎是在我眼前自杀的。"

"您刚才跟我的同事说您曾是名军人？"

"是的。"

"所以，您知道这把手枪是多少口径的？"

"是的，9毫米的手枪弹。"

"那么请您解释一下，在头部被重20克的9毫米子弹打中后，死者是如何起身，拆卸枪支，卸掉弹夹并且放到您口袋中的？"

"您同事没跟您说吗？我刚刚已经跟他解释过了。"

"说过，但是我还是想听您亲口再说一遍。"

"事情其实很简单：妻子突然去世，丈夫随后自杀，夫妻俩的两个侄女在经历过童年的惨剧之后又再次面对如今的情形，情绪非常激动，而手枪就在她们触手可及的地方。我觉得今天发生的悲剧已经够多了，所以我就自作主张把枪给拆了。"

"您觉得。"

"是的。"

"您认为应该在枪击案现场拆卸物证？"

"是的。"

"好吧，您的这种做法可能会让我花上好几个小时来填写相关材料并且向检察官解释清楚。我已经很累了，您知不知道？"

"我同情您。但是，作为一名军人，我必须采取必要的措施。"

殡葬顾问完全不该说这句话。一名军人，试图告知政府公职人员应该做什么。大错特错！

"好吧，我必须要纠正下：您现在已经不是军人了。而我是警长。从现在起，您因销毁证据被拘留了。当然，还有一个原因是把我激怒了。"

就这样，殡葬顾问被关进了一间肮脏不堪的牢房。牢房里除他以外，还有几个酒鬼、醉汉。几个小时后，殡葬公司经理接到了通知，前来把他从困境中解救出来。

两人走出警局，上车前一句话也没说。上了车，确定没人能听到时，他们进行了如下对话。

"说说吧。"经理说。

"呃……"

"幸亏他们队长是我朋友。他建议我，当着他下属的面，为了照顾他的面子,得给你点惩罚才行。"

"我理解。"

"所以我决定让你停职一周,该扣的工资分摊到六个月,每个月从你的月薪里扣一点,这样对生活影响不会太大。这事就我们俩知道就好。"

"谢谢您,经理。"

"他还建议我给你涨工资,我会考虑的。"

"啥?"

"他告诉我今晚他会来。"

"今晚?为什么?"

"这不是显而易见的事儿吗?你搞出这种事,你觉得还能让你逃过一劫?不得请所有人喝一杯?"

为死亡配乐

这是一场民事葬礼。

我侧身问同事:"再跟我说说死者是怎么死的?"

"他?跳窗自杀。"

这时,喇叭里正播着家属选的歌曲:《我相信我能飞》(*I believe I can fly*)。

您知道吗？

灵车
Corbillard

还是在13世纪鼠疫大流行的时候，尸体堆积在巴黎的街道上，如何处理这些尸体是一个紧迫的现实问题。在巴黎和科尔贝伊城（Corbeil）交界的地区，人们挖了很多乱葬坑。那时，清运尸体最简单的方式是船只，这些船只往返于巴黎和科尔贝伊城，被称为"科尔贝伊渡船（corbeillard）"。后来，corbeillard这个名称被保留了下来，用于指代所有殡葬行业的运输工具，经过演变，最终变成今天指灵车的corbillard。科尔贝伊市的居民要是得知令人悲伤的"灵车"一词来源于自己所在的漂亮的市镇，他们定会感到十分难过吧。

警方征调*

*与塞尔热·雷诺[1]和写

警方发现死者后,通常会联系我们这些快乐的殡葬师(我就是其中一员)前往现场,这叫"警方征调"。流程方面,大致就是殡葬师前往现场、收殓尸体,最后把发票发给检察官。检察官会支付这笔费用,只要他有空且有预算,除非他找到了死者家属,那他就会把发票转给他们,让家属自己支付。当然,这就是另外一回事了……通常,巡警发现死者后会给调度中心打电话,调度中心会呼叫一名医生,通常来说是法医,有必要的话还会派一名刑警,以及我们这些殡葬师前往死亡现场。一切都会按照上述流程按部就班地进行,这也使得我们在等待其他人就位做好自己本职工作的时候可以跟巡警聊一聊。

这天晚上,巡警接到了一栋楼房居民的报案,报案者称其邻居家中散发出一股恶臭。于是,两名警察迅速上门,了解到公寓里住着一位惊慌失措的小老太太。他们苦口婆心反复安慰,终于让老太太打开了房门。进去之后,他们发现里面简直成了一座垃

---

[1] 法国警察、作家,出版过几本荟萃警察生活轶事的纪实性书籍。

圾场。满地都是破着口子的垃圾袋，入口处更是脏到无法想象，屋内的味道令人窒息。显然，老太太精神上有些问题。一位警察尝试与她交流，另一位警察决定去勘察一下公寓的其他房间，以便掌握房屋的整体情况。不一会儿，在外屋询问老太太的警察突然听到同事用奇怪又尖锐的嗓音喊他："快过来！"

"我在忙着呢！"

"我知道，我知道，但是你需要来一下！"

那口气就仿佛在说"现在，立刻，马上！"。

于是，警察走到隔壁房间，房间里有一个衣柜，一个五斗橱，两张单人床和一具男尸。

尸体脖子以下的部分被一条毯子盖着，毯子脏兮兮的，但铺得很整齐。尸体下面的床垫上到处沾满了凝固的体液，看上去死者已经死了六到十个月。这具尸骨已经干涸，甚至连食腐生物都因为饥荒而没了踪影。也算见过不少尸体，但眼前这具着实让两位警察……

他们随即用无线电对讲机呼叫刑警前来增援，并且一再强调事情非常紧急。然后，他们回到隔壁，之前对老太太问过话的那位强忍住阵阵反胃再度开腔：

"呃，夫人，您知道隔壁房间还有一个人，在床上……"

"是的，他是我丈夫！"

"但是夫人，您就没察觉有什么异常吗？"

"没有啊，怎么了？"

"您丈夫已经去世了，而且已经有一段时间了。"

老太太抬头盯着警察，眼神茫然。过了一会，她回过神来："啊，我还在想为什么最近这段时间他不怎么说话了……"

老太太后来被送进了精神病院,她死去的丈夫被安葬了。老两口的女儿为父亲寄送了花圈,爽快地结清了检察官转去的殡葬发票——她并不觉得有必要为这些事情专门跑一趟。

高压电

我们接到警方征调通知,有人自杀。一组巡逻警察在事发房屋门口等着我们。那天正好我和另一位同事当值,这位同事对我说:"我们各自出发到现场会合吧,速战速决,我家里有客人。"

我在事发房屋前抽完了第二根烟才终于听到他那辆柴油车的轰鸣声,一听便知他是猛踩油门飞驰而来。即使停好车后发动机依然在那里高速运转。

等他的时候,我有充分的时间勘察事发房屋。这幢房子是典型的布列斯特资产阶级城市建筑风格,屋内面积很大且装修得富丽堂皇,外观则灰蒙蒙的,冰冷生硬。进去后有条中央过道,连接着两侧不同的房间。楼梯在过道尽头,恰在与入口相对的一头。楼梯很宽,应该不会影响我们作业。

陪同我勘察的是守在那里的一位警察,我们大概聊了一支烟的时间。先是一位女邻居联系了女主人——我们正是为她而来——的儿子:因为前一天白天这位邻居在菜市场上没看到他妈妈,而今晚也没在拼字游戏俱乐部遇到她,于是邻居开始担心,毕竟这是女主人每周两项重要的例行外出活动。她来按过门铃,也打过电话,但都没人回应,这让她愈加不安。她觉得,一定是出了严重的事情,才使得女主人舍弃她为数不多的娱乐活动。

这家的儿子在联系母亲无果的情况下采取行动。他前往居住地——法国中部某城——的警察局，要求当值警官联络布列斯特的警察介入调查，他出示了身份证件，以佐证他的所言所求。事实上，他压根没必要搞这么复杂，他只需给布列斯特这边的消防急救队打个电话即可。但不管怎么说，他的做法还是很聪明的。

于是，急救队和巡警一起抵达了现场，强行撞开了从内反锁的房门。他们在屋内搜索的时候发现客厅桌子上有一本户口簿，各种银行、行政证明材料，以及一封遗书。他们明白了，他们将会找到一具尸体。他们加大了搜索范围。

最后他们在二楼的浴室找到了女主人的尸体。她身穿睡衣，泡在装满水的浴缸中，她的吹风机也浸在水中。抛开皮肤表面几处灼伤，某些迹象显示死亡时间已经超过二十四小时，不过尸体状况尚可。最多就是死者面容略显扭曲，但这并不意外。

我在勘察现场的时候跟警察一样，也长出了一口气。现场整洁干净，进出方便，比起自缢和持枪自杀的现场来要好多了。吹风机依然还在浴缸里泡着，因为不确定警察是否已经完成现场证物提取，所以我没动它。

勘察完毕，我们从屋里出来，无动于衷地冒着布列斯特的毛毛细雨点上烟抽着。正是在抽完这根烟的时候，我的同事到了。这位殡葬顾问是位好朋友。他有两种模式：可以很热心、很耐心，但也可以很难相处。至于是哪种模式，完全取决于他的心情和环境。那天晚上，接到征调通知给我打电话的时候，我便立刻明白，今晚他将是后一种模式。总之，他全速开车赶来，拉好手刹，从车上下来，劈头就是一句："行，我们抓紧赶活。你在等什么？赶紧把东西搬下车啊！"

他连一句"晚上好"都没有对我身边的警察说,什么也没说。这个开局不能再好!他只在经过警察身边时心不在焉地打了个招呼。我告诉他,器械都已经准备就位,推车在过道里,担架和裹尸袋都已放到二楼,我还为我们二人准备了手套。他又说:"既然这样,那我们走吧,你还在等什么呢?"

他火急火燎地冲进房子,不假思索地对警察说:"晚上好。那么,我们动作快点,我家里还有客人。鸡[1]还在烤箱里烤着,您懂的……"

我们很耐心地听他讲述今晚他重要的家庭活动。警察跟我交换了几次眼色,我们进行了一次无声的交流。

"他怎么可以这样对您说话!"

"我知道,我知道,没关系的。"

"他一直都这样吗?"

"不,不经常这样。大部分时间里他还是很好的,所以他才能活到现在。"

我们终于上楼。同事在楼上继续着他的表演。

"这样,我抬脚,你抬肩膀。动手吧,别浪费时间!"

他进入小房间时撞了我一下,害我险些撞到身旁的警察。

"小心点!"他竟然抢先埋怨我。

我感觉警察就快出手了。而我已经过了气头,一声不吭,他说什么就是什么吧。

同事三下五除二地戴上手套,打开裹尸袋,同时还不忘催促我,他动作快到差点把裹尸袋撕破。他把裹尸袋在担架上铺好,

---

1 法语poulet,这个词在俚语中还指警察。

冲我喊："来，动手吧！"

说完，他转过身，几乎整个身子都朝浴缸弯下去，迫不及待地想把尸体从浴缸里搬出来。

之前与我交谈的那位警察是我们三人中年纪最大的。他特意摆出一副漫不经心样子问他的同事："我说刑警刚才有没有把吹风机插头拔下来？"

您是否见过一个人僵成一根盐柱？突然，我的同事停住了，他的手指距离水面只有几毫米。他的脸色瞬间变得惨白。他急忙直起身子，奇怪地嘟囔了一声，然后整个人瘫倒在洗脸台盆上。有那么一瞬，我以为他突发心梗了。

实际上电线早已跳闸，已经没有电流了。但急迫中，我的这位同事没法冷静地推理。

终于，他从恐惧中回过神来，又变成了热心、耐心的那个他，从容地与我一起完成工作，到头来变成我催他早些回家了。我对他说我可以一个人把尸体拉回停尸房，处理好相关工作。他这才离去，开车的速度也回归正常了。

"他大概还是来不及呀，这下他老婆要闹情绪喽，烤箱里的鸡估计也烤糊喽。"警察离开时开着玩笑对我说。他不想错过现成的文字游戏，又补充说："等着他的估计是'高压电'。"

我和同事后来再没谈论过这件事。他偶尔还是会进入这种令人难以忍受的工作模式，但在我看来，频率比以前低了。必须要指出的一点是，他有很多其他的优点，足以弥补这点不足。

后来，在工作中，我又有几次遇到故事里的这位警察，每次见到我他都会问："你好啊！啊，就你一个，'金霸王电池'没来吗？"

大小问题

这是一个传统的、简单的骨灰落葬仪式：家属面对放在小桌子上的骨灰盒默哀一分钟；默哀结束后，骨灰盒将被埋入墓穴。

尽管这只是一个普通的民事葬礼，但大家都非常严肃，如宗教葬礼一般，没有一个人说话。突然，遗孀转身问我：

"您确定那是我丈夫？"

"是的，夫人，我确定。我已经确认过，我向您保证不会有错。"

"上面写了名字吗？"

我把骨灰盒转了过来，给她指了指上面的小标签。她点点头，但神情还是将信将疑。显然，一定是有什么事情让她很忧心。她的儿子也有所察觉，问：

"妈妈，有什么不对吗？"

"呃，我觉得这不是你父亲。"

"妈妈，刚刚司仪先生已经解释过了，这就是爸爸，而且这里的一切流程都严格管控，你有什么不放心的呢？"

"唉……我以为会有一个更大的盒子……"

叩门的，就给他开门

一个美好的日子里，几个悲伤、痛苦、哀愁的孩子——我在工作里接触到的人都是这种状态——找到我，请我为他们的母亲操办葬礼。

他们的母亲是在一家专门为某种疾病的老年患者提供照护的养老院中去世的。

入住这家养老院，其实是这位母亲第一次离开她生活了一辈子的街区。她生在南锡的这个街区，在这里长大。后来，同样是在这个街区，她遇到了自己的丈夫，两个人在这里一起买了属于他们的第一套公寓。再后来，夫妻二人又在同一条路的另一头买了一栋小房子。患病后，她尽可能待在家里，情况恶化后无奈住进了养老院，在那里住了仅两个月就去世了。

孩子们请求我在他们母亲所属教区的教堂里——在南锡——为母亲举办葬礼。

于是，我给神父打电话，向他说明了情况。神父又问了我一些信息。当我正要告知他死者去世的地点，他打断了我：

"等一下，她去世时是住在养老院吗？"

"是的，神父。她在养老院住了两个月。"

"如果是这样，您应该联系她所在教区的教堂。"

"对啊,她的教区,就是您这里啊!她在您的教堂接受的洗礼,她是在您的教堂初领圣体,同样也是在您的教堂举办了婚礼、庆祝金婚,她丈夫的葬礼也是在您的教堂里举办的!"

"您说得没错,但是她生前最后一段时间不住在这里。我不能如此随意地给所有在我们教堂结过婚的人办葬礼,不然就乱套了!所以我帮不了您。"说着,他竟挂了电话。

这里我想说明的一点是,在经历过我入职初期的某次事件之后,每当我需要给第三方打电话沟通时,我就习惯性地打开电话的免提功能。这样一来,这个第三方之后就无法对不满的死者家属说诸如"啊,我没说过这样的话啊!是殡葬师跟您胡说八道吧!"此类的话,不然他们很有可能会立刻遭到家属的反驳:"您说了啊,那时我们都在,我们都听到了啊!"

刚刚联系神父的时候,我也是这样做的。死者的孩子们就在我身边,神父的话完全出乎他们的意料,令他们目瞪口呆,大跌眼镜。

死者儿子先爆发了:"尽管我向来很尊重教会人士,但这人实在是个混蛋!"

其他人也是同样的反应。不久后,主教收到了一封投诉信。可据我所知,他至今仍不屑于回复。

我很想告诉大家的故事结局是:最终一切安排妥当,天使加百列的化身亲自为这位如此虔诚、忠实的教区居民祈福祝祷。但很可惜,这个故事真实的结局是:最终,死者家属在养老院一个冷清的小礼拜堂为死者送行,葬礼由一位和善的女士操办,她为没能请来神父而感到十分内疚,并解释说因为信仰危机,从事神父工作的人越来越少,实在找不到人。没有人会告诉她,她解释的对象是一群教会刚刚彻底失去了的教民。

耶稣不是曾经说过吗:"叩门,就给你们开门。因为凡祈求的,就得着;寻找的,就寻见;叩门的,就给他开门。"那么,门开了吗?

启人深思

以下是某晚聚会上的一段对话。

"我是做活动策划的!"

"是吗?这工作听上去很有趣,你具体都做些什么呢?"

"首先,我与活动组织者沟通,确定项目。然后,我去找相关部门,获得必要的许可和授权。最后,协调后勤等部门的工作人员来组织落实活动。你呢,你做什么工作?"

"我在殡葬公司工作。"

"哦,很独特!你都做些什么呢?"

"我做跟你完全一样的事情啊。"

小费

跟其他同事一样,我诧异地看着这个男子。他拿着一沓钱,快步朝我走来。走到我跟前儿,他停了下来,从一沓面值20欧的纸币中抽出一张递到我手里。

"请收下,这是给您的,葬礼办得非常好,谢谢!"

说完,他转身朝我的一个同事跑去。

我不由自主地瞥了一眼,仅仅想确保他不会失足掉进坟坑。我们才把他父亲的棺材放进去,还没来得及填埋。

我同事身后是条死路,所以男子付完小费又折了回来。他再次经过我面前,再次看到我。此时的我,胳膊下垂,眼神依然诧异,手里还攥着那张20欧的纸币。在我们行业,给小费的行为是非常少见的,更不会给这么多。而且这次,竟然所有工作人员都有。

男子的妻子喊住他:"你没有忘记挖墓的师傅吧?"

"我这就去。"男子立刻说到做到。

通常,墓地的石工师傅和挖坟工人是最易被遗忘和忽视的。几位师傅看到这个男子挥舞着手中的钞票,像一阵小龙卷风,快步朝他们走去。他们每个人都得到了一张20欧的纸币。看到石工惊讶的表情,我差点笑出声来。石工和挖坟工人各种怪事见得最多,很少有什么事能令他们吃惊。把钱塞给他们后,男子停下脚步,环视了一下周围,确定自己没有遗漏任何人。我看到他低头看了一眼手中的钞票,感觉像在数钱,许是在估摸手中剩下的钱是否足够再发一轮小费。

我见过一些家属在葬礼上做出奇怪举动,但今天这种还是头一回见。

接着,男子转回身,朝坟墓走来。司仪偷偷向我做了个手势,示意我跟过去保护一下,因为墓穴边缘有点滑,而这位男子看上去神神叨叨。

男子现在需要找人说话。还好,这种情形我不陌生。

"在您看来我们的做法很奇怪,是吗?"

"每个家庭的反应不同。"我小心翼翼地回答。

顺便插一句,少有殡葬师投身外交事业,反例同样稀少,这是很奇怪的一件事。要知道我们这两个行业的人可都是打迂回战、兜圈子、转弯抹角的行家。

男子看上去依然很幸福。他说:"父亲是个非常优秀的人,聪明,有爱心。他得了一种可怕的病,一种癌症,折磨了他很多年,一点点把他掏空。治疗带来的痛苦不比癌症本身引发的痛苦少。"

我点了点头。

"这持续了很多年,我跟您讲了吗?我们看着他的身体日渐衰弱,目睹了他所有的痛苦。这是个不治之症,但他们不放他走。他只想早点了结,去和我母亲团聚。可医生不放过他,简直就是一群秃鹫。"

苦涩暗淡了他的目光,但只是一小会儿,就好像平静的海面上来去如风的暴风雨。他看着我,又笑了笑。

"现在，一切都结束了。父亲再也不用忍受痛苦了，他终于解脱了。您能理解吗？"

"没人愿意看到自己所爱之人经受痛苦。"我说。

现在，他笑得更加开朗了。

"当然。看到他生命得以延长、可以继续陪伴我们，我们固然开心。可这是一种什么样的开心？这种开心是自私的。我很庆幸这一切都结束了，他不应该经受这些。"

说完，他把目光投向了坟墓。

"爸爸……"

他无声地落下了眼泪。

出难题

家属走进殡葬事务所,直接找到了负责人赫尔维。

"有人向我们推荐了您,说您是民事葬礼的专家,哪怕最复杂的葬礼也能搞定。"

"我一定竭尽所能。"赫尔维谨慎地回答。

"我们是为家父而来。他刚刚去世。我们要办一场葬礼悼念他。一切都好说,但是有一个问题。"

"哦?什么问题?"

"简单地说,他就是个混蛋。"

"啊?抱歉,您说什么?"

"他是个混蛋。您知道吗?我们所有人跟他都闹翻了。他跟邻居们也没法相处,甚至可以说,他跟所有人都没法相处。想要跟我们父亲不产生矛盾的唯一办法就是不要认识他,甚至连碰都不要碰到他。"

"即便如此,各位还是想要悼念他。"

"是的,因为我们的母亲是一个很虔诚、很注重礼节的人,她不能容忍我们不尊重父亲。当然,毕竟他是我们的父亲。我们也还是爱他的。"

"那么,各位具体想要怎么做?我得心里有数。"

"我们想办一场能够体现刚刚我向您讲的这些要点的葬礼。总的来说,一方面,死者是我们的父亲,所以葬礼得体现我们对他仍然心存爱意;但是,另一方面,他还是混蛋,所以葬礼也得巧妙地体现这一事实。不然的话,人们会觉得我们这家人很虚伪。"

不管您是否相信,赫尔维真的做到了。葬礼上,来宾时而发出笑声,可当葬礼结束时,大家都是红着眼睛离开的。所有人都认为:死者或许是个混蛋,但起码,他把孩子们管教得很好。

"特别"

殡葬行业的人往往更加包容，更加尊重差异。您会注意到，他们很少使用流行语。

"特别"一词的使用很好地印证了这种包容与尊重。

您可能会问："哪个特别的词语？"

"就是'特别'。"

"对，哪个词？"

"就是'特别'这个词。"

在我们这行，为避免鲁莽地让人觉得自己刻薄、过于实诚，甚至缺乏尊重，凭着性子而不考虑世界广泛的多样性就做出价值判断，我们不会说"这家人简直疯癫到极致"，也不会说"简直就是卑鄙小人，只惦记着去公证处继承财产"。

这时候，我们会说："这家人很特别。"

当然，这句话并非适用于所有场合。但我着实经常听到这句话。如果您想从事殡葬行业的工作，那就必须学会善用委婉表达。

例如，行内的人不会说："我最好还是不要带您去看您家人的遗体了。我们发现尸体时，他已经死亡六周了。尸体躺在地上，发黑肿胀，上面爬满虫子并有多处溃烂，体液流得到处都是,还散发着恶臭。您也不用装得好像很关心他,事实上,您是个不孝子,这么久连个电话都没给他打。"

行内人会说:"我们不建议您去看遗体,它已经接受了时间的洗礼,不适合探视。"

但是,如果您刚中了彩票并想要潇洒地离职,那就另当别论了。您大可补充一句"您可真是个不孝子!"。在除此之外的大多数情况下,还是不要画蛇添足。

我知道,我们从事的是一份特别的工作。

如果接待死者家属的殡葬顾问不同时担任葬礼司仪,那么在他接待完死者家属后会提醒司仪,这是一个"特别"的家庭。

布鲁诺跟这些司仪不同,他不接受这样使用"特别"一词。在他看来,这世上并不存在"特别"的家属,只有词汇量贫乏、无法给出确切描述的殡葬顾问。他刚入行的时候,就经常严厉斥责那些向他传达工作任务却无法具体解释家属为何如此"特别"的殡葬顾问。但逐渐地,他不再指望从他人那里获取细节信息,他更依赖于自己的工作经验。

布鲁诺的经验非常丰富。他当了二十年的殡葬师,主持过几千场葬礼。每当他走进仪式现场,他只需一眼就可以对现场情况做出判断:气氛如何,都有些什么人,他们之间的关系如何,等等。

布鲁诺时常摆出一副冷漠的样子。若要用个委婉的比喻,可以说,在面部表情锦标赛上,他绝对没有任何获得奖牌的希望。他冷漠的面容会让人觉得他有些难以接近。但多加了解之后,人们会发现,其实,他是一个有经历、性格沉稳、充满耐心、没有任何坏心眼且聪明、心思细腻的人。

当然，他还是一位司仪，真正的司仪。

那天，他带着殡葬团队来到死者家。到了入殓时间，他敲了敲客厅的门。所有人进入客厅，只有一位同事谨慎地在门口等候，以防有其他的问题需要处理。

面对失去至亲的痛苦，有些人反应激烈，会试图寻找替罪羊。殡葬师，收人钱财却带走他们的挚爱之人，自然是这番无差别宣泄的现成对象。

上文提到的那个在门口留守的人就是我。从我所在的地方，我可以清楚地看到事情的经过。坦白讲，那时的我在事业上的确有一些野心，但今天我很庆幸当时自己没有在布鲁诺的位置上做他所做的工作。在每个司仪的职业生涯中都有三类仪式：他所主持的仪式，他希望主持而未能主持的仪式，以及他侥幸没有主持的仪式。

布鲁诺开始主持："尊敬的女士们、先生们，大家好。"

他接着往下说："我是布鲁诺，今天葬礼的司仪。我与我的团队将陪伴各位送别府上的先人。"

客厅中有七个人，应该包括死者的妻子，至少一两个儿子，唯一的女儿，以及他们的配偶。其他信息我们就不得而知了。布鲁诺进入客厅并开始讲话的时候，家属们围成半圆站着，看着死者。所有人一动不动。布鲁诺做自我介绍时，一个儿子（长得很像死者，只是更年轻而已）向他微微转过头来，眼神空洞，就好像看着杯中不受待见的苍蝇一般。随后，他又转回头，重新盯着死者。

此时，我感到布鲁诺有些迟疑。

他继续说下去："如果各位同意，我们现在就把花搬开，开始入殓。大家可以可先离开客厅片刻，完成入殓后，我再来找各位。"

毫无反应，全体沉默，家属们甚至都没人看他一眼。半晌，遗孀一言不发地离开了客厅，其他人也跟着离开了。布鲁诺在确定了家属们没走太远之后，关上了客厅的门。

他转身走向我们，脸色苍白，额头上沁出了汗珠。

"好吧，原来怎么计划的？伙计们，收花，入殓，动手吧。我去确认一件事情。"

五分钟后，他回来了，一脸愁容，眉头都皱了起来。

"怎么样？"我们问布鲁诺，我们知道他刚刚肯定联系过接待这家人的殡葬顾问了。

"毫无头绪。"

说完，他好像感觉到他的回答并没能满足我们的好奇心，又补充道："签约的时候，这家人就是这副态度。交谈中，他们只说了不到十个词。一小时十五分钟，十个词。"

"每个人十个词？"

"不，所有人加在一起，十个词。"

布鲁诺看上去快要愁哭了。

"他们不聋不哑，也不像有残疾，可他们的行事风格就好像我们不存在一样。"

"那我们该怎么办呢？"

"干好我们的活。但问题是，我还不知道怎么做。"

该干什么干什么吧。

入殓完成后，布鲁诺去找家属。所有人再次进入客厅，还是没有人看布鲁诺一眼。

该封棺了。又来了：布鲁诺宣布封棺，家属们依然没有任何反应，于是他向我们示意动手。我们抬着棺盖朝棺材走去，家属们又一言不发地离开了客厅。所有人，动作划一，向后转，朝门口走去。

布鲁诺甚至连"我们在教堂前的广场集合"这句话都没说完，房门就被关上了。

当我们抵达教堂，广场上一个人都没有，家属已经全都入内。布鲁诺上前跟神父问好。神父是个随和的老人，他像迎接救世主一般迎接布鲁诺："这家人很奇怪。他们拒绝在仪式上读祷文，不管是什么，都不读。他们可真不爱说话。"

"是的，没错，这很明显。"布鲁诺回答。

我们也都进了教堂，见证了仪式。

我们从来没见过哪位神父如此不知所措。一位在俗教徒协助神父完成仪式，两个人时不时对视一眼，慢慢地，面对这般沉默，两人绝望了，决定不再强求。葬礼过程中，家属们在该起身的时候站起来，该坐下的时候坐下，但是他们不唱圣歌，在需要回答"阿门"的时候也不说"阿门"，他们甚至连祷文都不屑于朗诵。到了最后的祈福环节，他们站起来，挨个走到棺材前祈福，然后离开教堂。

在墓地，同样的情形再次出现。

没有一句话，没有一个动作，只是围成半圆。他们的沉默简直令人窒息。

布鲁诺做了通常的致辞。

随后，我们开始落葬。然后告别家属，返回事务所。

在咖啡机旁，各个送殡团队聚在一起闲谈。我们几个甚至不知道该如何讲述今天的故事。

布鲁诺找到了恰切的语言，让所有人都吃了一惊。

他说："这家人，很特别。是的，就是这个词——特别。我从来没遇见过这样的家属。"

说完，他按了咖啡机上卡布奇诺的按钮，也不管我们被惊得说不出话来：他已经见过远比这更糟糕的沉默。

信仰的指南针

死去的这名男子年纪尚轻,但去世前经历了长期的病痛折磨。他是摩洛哥人,因此家人决定把他送回故国,安葬在祖先的土地上。我们负责处理遗体。现在遗体已经入殓,所有人都去了清真寺为死者祈祷。但出于某些操作上的原因,灵柩只能搭次日的飞机。于是我们决定无偿为家属提供一个追悼厅。

离开清真寺,我们把灵柩运往它开启长途旅行前的最后一个"度假"地——在两位伊玛目的监督下。

对了,我刚才忘了这一细节:死者的叔叔是一位摩洛哥伊玛目,他预感到侄子不久人世,所以提前来到了法国。出于某些我实在搞不明白的原因,他不能在法国行使他的圣职。因此,死者家属只能委托官方伊玛目来主持仪式,死者叔叔则担任"宗教顾问"。但或许这只是一个简单的礼节问题。

到达殡仪馆,我们把灵柩卸下车,用推车把它运到追悼厅。家属和两位长老已在此等候。

摩洛哥伊玛目衣着传统:身披纯白无瑕的连帽长袍,脸上剪得笔直的长胡子一直垂到胸前,手里拿着《古兰经》——但其实他根本不需要,他早已把经文熟记于心。

同样是摩洛哥裔的本地伊玛目则身穿米色粗布长裤和灰色衬

衫，像演员文森特·卡索一样蓄着短胡茬。

两人争了起来，都试图说服对方。

让他们争论不休的问题是灵柩的摆放方向。角度必须非常精确，才能让死者望向麦加。据我估算，两人所坚持的摆放角度大概差了30°。他们的对话是这样的：一方先提出一条论据，阐述完毕后指挥我调整棺材的方向——"再朝这边转一点，再转一点，再转一点，再转，停！可以了！"

紧接着，另一个人开始反驳：

"不对。今晨祈祷的时候，从清真寺的方向看去，星象是在这边。清真寺在这里，所以麦加应该在那里！得把棺材往这边转，转，再转，停！完美！"

两个人就这样争个不停。

过了一会儿，争得性起，他们索性切换至阿拉伯语交流，也不再给我指示，我知趣地后退了几步。这家的一位友人站在离我不远的位置，他无奈地对我笑笑："抱歉啊。"

所有亲友一动不动，他们可不敢打断两位圣师如此重要的辩论。

"不会太久的，放心吧。"这位朋友补充说。

"真的吗？"我接着问，"您怎么判断的？"

他又笑了笑。

"我打发我儿子去找指南针了。"

我斗胆追问了那个一直困扰着我的问题：

"哦。那为什么他们不等指南针送到后再做决定呢？而且我不明白的是，为什么他们刚刚没想到去找个指南针？"

这位朋友叹了口气。

"是的，我们也在想这个问题。但他们好像都没想到这个办法……其实，最难的，不是找个指南针。最难的，是要让他们以为找指南针这个办法是他们自己想出来的，否则，他们会觉得自己受到了冒犯。"

不善言辞

一个晴朗的夏日，殡葬师跟同事在露天咖啡座小聚。看到一位身材健壮的女士从面前经过，他不由自主地对同事说："她得用A号棺材。"

大喜之日

这一天,马马杜和玛丽亚姆在布列斯特举行婚礼。

这对年轻的新人在一次偶遇中相识,他们原本枯燥乏味的生活从此彻底改变。

马马杜只身一人来法国求学。他抵达法国时,布列塔尼正下着毛毛雨,冷风扑面。在他看来,自他乘坐的飞机降落的那刻起,他的祖国刚果已经变得非常遥远。

数年中,马马杜学习刻苦,人缘很好,同学们一致认为他善良、稳重、乐于助人。

但马马杜内心却有一种失落感。出太阳的日子里,他总觉得这太阳离他非常遥远,阳光微弱,苍白无力,跟他在非洲家乡看到的太阳完全不一样。在非洲,威严的炽热星球射出强烈的光芒,普照在这片西方人看来干旱又神秘的大陆上,这片马马杜一直称为"家"的土地。

一天晚上,为了犒劳自己在阶段性考试中取得好成绩,马马杜买了自己酷爱的巧克力泡芙作为奖励。在他走出面包店的时候,一位名叫玛丽亚姆的姑娘跟他迎面相撞,他心心念念的蛋糕在空中划出了一道抛物线,其命运可想而知。

然而,马马杜并不在意他的蛋糕,此刻,他的眼里除了吓了一跳还没回过神来的玛丽亚姆再无其他。玛丽亚姆嘴里嘟嘟哝哝说着什么，大概是一些道歉的话。马马杜也想致歉，他想安慰这位姑娘，告诉她没关系，损失一块蛋糕无关紧要，因为就在此刻，他已然被她的美丽征服，爱上了她，她不需要自责……

但是，从他嘴里发出的却是辘辘饥肠的抱怨声，多少有些傻里傻气。

两人静静对视了片刻，他们的嘴唇都在动，似乎想要说一些难以言表的话，然后，不约而同噗嗤一声笑了出来。那笑声欢快爽朗，似乎在向全世界挑战：看看谁敢破坏我们的幸福。

几个月后，马马杜成了一名数学老师，精通四国语言的玛丽亚姆在进出口行业找到了一个秘书的岗位。两人决定结为夫妻，他们先在布列斯特市政厅工作人员的见证下彼此许下诺言，随后又在一座小教堂里，在上帝面前，许下终身相伴的誓言。

走出教堂时，这对年轻的夫妻散发着幸福的光芒。教堂门口的台阶下聚集着马马杜来自刚果的亲友——他们给新郎带来了家乡的新闻——以及新娘一方来自布列斯特附近小城吉帕瓦斯的亲友。他们凑在一起拍照，向天空扔大米和彩纸屑，在布列斯特阳光的映照下，他们又唱又跳。从此，在马马杜心里，布列斯特也是他可以称之为"家"的地方了，玛丽亚姆在哪里，哪里就是家。他转身看着妻子，欣赏着她。突然，他疑惑了，妻子的眼睛为什么突然瞪得那么大？感觉眼珠子都要掉出来了。于是，他顺着妻子眼睛的方向看过去。

……

"完了完了。"

"头儿，我们该怎么办？"

"那就靠边停车吧,尽可能不要引起注意。"

灵车上,四位殡葬师跟玛丽亚姆一样,眼睛也瞪得大大的,盯着刚刚从他们要把车上的死者送进去、完成他在这世上最后一程的教堂中走出来的两位新人。教堂前,一百多个穿着彩色长袍的非洲人惊愕地盯着他们,手中拿着半空的米碟和相机。

他们不只盯着殡葬师,还盯着——殡葬师们很清楚——灵车后面跟着的二十几辆死者家属的车,这些车辆刚刚跟随灵车穿过了整个布列斯特城。

我是这辆满载鲜花、殡葬师、灵柩、重约两吨的灵车的司机。我绝望地思索怎么才能让自己"不要引起注意"。

在把灵柩抬进教堂的时候,殡葬师们小心翼翼,因为地面上洒满了米粒,非常滑,极易摔倒。

后来我们得知,之所以出现婚礼和葬礼撞车的情况是因为神父年纪尚轻,缺乏经验,因他人的一句"婚礼不会持续很久",便把婚礼和葬礼的时间排得过近。在布列斯特,以前有一个迷信但现已过时的说法:大喜之日遇到灵车是一个好兆头。就是不清楚马马杜和玛丽亚姆是否知道这个说法……

没落下任何东西？

这次警方征调我们去处理的尸体是我们不喜欢的那类：个头大，肿胀发黑，躺在狭小的房间里，体液流了一地。

这个房间位于楼房底层面向马路一侧，房型狭长。

死者躺在钢床和墙之间。由于房间狭窄，尸体和床所占的宽度基本上就等于这个房间的宽度。

警方从房间里搜出了好几把不同口径的步枪，从.22口径长步枪到装有子弹的用于射杀野猪的猎枪，各种各样，型号众多。仅凭尸体外观已无法准确判断死亡原因。男子是用离他身体不远的那把.22口径手枪对准自己开了一枪吗？这个问题恐怕只有在解剖台上把尸体好好清理一番才能回答。

清缴完枪支，并等医生出具了死亡证明——尸体散发的味道足以让医生判断该男子已无任何生命体征，警方召我们去把尸体运往法医部门。

我们去了三位殡葬师，两位当天值班的同事和我——因为当时我刚好路过，于是便加入他们，多个人搭把手总是好的。警察因为缴获了枪械而颇为自豪，把卡车上装载的战利品指给我们看：

"该你们了，我们该拿的都拿走了。"

我们进入逼仄的房间，不得不踩着床走到尸体的另一头。思想斗争许久，我们得出一个结论：如果把担架放到床上，再把尸体搬上担架，那我们的脊背肯定要累断。死者看起来有非常严重的肥胖症，尸检时，法医定会建议他注意自己的胆固醇指标。这样一来，要腾出空间，没有三十六计，我们只能把床掀起来，把它竖着靠墙放置。

于是我们就这样做了。

但谁也没料到，搬动过程中传出"当当当"的声响，像是来自金属床架和另一个金属物品的碰撞。

警察在屋外等候，他们正窃喜自己已经结束了工作，不必继续忍受尸体的恶臭。这时，他们看到一位殡葬师从房间出来。他原本应该穿着白色防护衣、塑料鞋套、戴着厚厚的防护手套，谁知他竟然挥舞着一把大口径的枪支，边走边问在场的刑警："抱歉，你们确定你们没落下任何东西吗？"

坠机

晚上7点45分，科尔贝尔街警局打来电话。警方征调。地点是位于吉帕瓦斯的布列斯特国际机场。

这应该是个年轻的总机话务员，她没有给出更多信息，只说在吉帕瓦斯附近发生了坠机，情况严重，需要殡葬人员前往现场。随后通话就断了。"可能是飞机残骸引发的电磁干扰？"接听电话的殡葬顾问心里嘀咕。无疑，这是他迄今为止接到的最令人不安的电话。他赶忙通知值班的救护车司机。

晚上7点45分，司机躺在家里的扶手椅上喝着咖啡，等着晚8点的电视新闻。他当时万万也想不到，2分17秒之后，同事熟悉的声音将告诉他布列斯特-吉帕瓦斯机场发生坠机，他会惊得心脏一抽抽，他喜欢的杯子将掉落在地，摔断手柄，把咖啡倾洒在地板上，因为起身过猛，他会把扶手椅重重地撞到墙上，而踩到咖啡的脚一滑，他差点撞翻一个小柜子。

在这个白天和黑夜交会，倾诉着彼此的秘语，任其和白天的余热一起随风而逝的时候，他将神游一般地全速驾驶救护车去接同事，接着他们俩将穿过布列斯特城。事情正是如此发生。

救护车一路超速行驶，载着两位殡葬师穿过城市。

第一位，因为专注，额头已然皱起，他正努力地让自己把注意力集中在眼前的路上。他的车辆全程超速，闯过了一个个红灯，在环岛也丝毫未有减速，径直穿过。他竭力驱赶着脑海中浮现出的画面，因为他似乎看到熊熊燃烧的火焰、碎裂烧焦的尸体、满地的断肢，以及四散奔跑、寻找希望和生命迹象的痛苦的搜救者；远景，一架巨大的、已经沦为坟墓的飞机残骸，近景，一个毛绒玩具掉落在浸满航空燃油的草坪上，无疑，它曾属于机上年纪最小的乘客，即便众神早已给了伊卡洛斯教训，这位年幼的乘客还是成了人类无休止地追求技术进步和疯狂地征服天空的牺牲品，随他一起消逝的，将会是所有到场搜救人员内心的最后一丝纯真。

想到这里，殡葬师感觉自己脸上流下了泪水和汗水。一架飞机可是在吉帕瓦斯坠毁了啊！

另一位殡葬师则不断地拨打着电话。先是给自己的领导，也就是布列塔尼北部地区主管，主管得到消息后又给所有分部打电话，让人员进入戒备状态。所有下班的人都将被召回，所有可用的物资都将以最快的速度运往布列斯特-吉帕瓦斯机场。接着，他又给其他地区的主管领导打电话，让他们去做同样的事情。他向每个人描述燃烧的火焰、碎尸、闪着蓝色警报灯的夜幕、四散奔跑寻找希望和生命迹象的绝望的人们，以及远处已然变成棺材的飞机残骸……

最后一缕日光下，布列斯特冰冷的战后建筑群木然地从车窗两旁划过。这座城市的美不在眼前所见，它存在于所有努力地不仅仅把这座城市看作是一连串街道的布列斯特人的心里。海风灌入他们的鼻息，海洋将他们与世界各地联通在一起。但其他地方的人终将对这场悲剧无动于衷。一路经过让·饶勒斯街、斯特拉斯堡广场、巴黎街，殡葬师们在克陶顿-图尔比安拐上去机场的路，根据指示牌继续行驶，最终看到了停在一条乡间小路边的几辆警车。除了他们，还有几个消防员也在现场。这应该就是事故现场的外围警戒线了。

"晚上好先生们，你们来得真快！"

"用了我们最快的速度。事故现场在哪儿？"

"在那边。"

警察指了指陡坡后面的区域。

"哦。增援已在途中。消防员会清理出一条进入现场的道路吗？我们在哪儿搭停尸房？"

"啥房？"

"停尸房！"

出现了一段沉默。疑惑开始冒头。

"您知道的，就是给遇难者们准备的。"

"遇难者们？呃，伙计们，通知你们的人是怎么说的？"

"一架飞机坠毁了，不是这样吗？"

"对的，十分准确。据我所知，坠毁的是一架塞斯纳172M型飞机。四座。不过事发时机上只有飞行员。他突发心梗，迫降失败，导致坠机。哎！伙计们，你们还好吧？怎么脸色白成这样！"

冥河大桥

献给贝尔纳

不久前,他的老伴离世了。走得有点早,丢下他才70岁。他日渐憔悴,甚至不愿再踏足乡下那栋曾与亡妻有过美好时光的房子。他把自己关在布列斯特的公寓里。以往,夫妇二人只有冬天才会住在这里。他也不出门,整日里什么也不干,已不再有生活。

面对这样的情况,子女们也不知道该怎么办。

是一个孙女的偶然发现使得一切发生了改变。一天下午,孙女待在爷爷家等父母下班。她看到一篇文章评论一部新上映的电影,于是央求爷爷陪她去电影院。

为了哄孙女开心,他欣然答应了。

接下来的那个周日,餐桌上,他兴致勃勃地聊起看过的电影。大家惊讶地发现,他喜欢看电影,那天之后又去过三次电影院,一个人去看其他片子。于是,孩子们一起出钱给他买了一个大电视,并为他打造了一个家庭影院。老头还订阅了一些杂志,经常在听自己喜欢的电影原声带的时候翻上一翻,他期盼着每个周三新电影上映的日子。他会把新电影一部部看过来,一直看到周末。看遍所有新片成了他的人生目标。

年纪不饶人,后来老头没法再去电影院看电影了,他便通过自己那台最新潮的电视机继续他对电影的狂热。他反反复复地观看电影艺术的那些经典名作。

日子就这样飞速地流逝。再后来,他去世了。

他没有宗教信仰,所以希望办个民事葬礼,并在去世前做了筹备。他制作了一个详细的葬礼策划表,希望自己能够在喜欢的电影氛围中离开这个世界。

这就是令贝尔纳担心的地方。

他叮嘱我们这些灵柩搬运人员:

"伙计们,你们得保持严肃。"

我们并不知道他为什么这么说,很想知道其中缘由。

我们在门后等候。根据流程,贝尔纳需要确保所有人都就位,然后他会播放音乐,郑重地穿过大厅,把门打开。这时,我们再抬着灵柩入场,向前走几米,并把花束摆放在周围。把灵柩摆置到架子上后,我们就可以退到大厅的最后面,在那里一直等到仪式结束。

整个过程并不复杂。我们不知道有什么可以让贝尔纳如此担心。

我们等了几分钟,门开了。按理说,贝尔纳把门打开后应立即侧身让我们通过。但这次不同,他站在过道中央,向前迈了一步,然后对我们小声嘟哝,装得很凶,但感觉他极力掩饰着他一贯的半笑半嘲讽的笑容:

"伙计们,严肃,如果我看到你们当中有人笑了,那这事儿可就搞砸了!"

于是，我们入场，从那些站立着的悲伤的宾客身旁走过，我们很郑重很严肃地把棺材摆放至它的位置。完成后，我们便退出追悼大厅。来到安全距离以外，我们长出一口气，释放出极度紧张过后那种瞬间放松的笑。我们终于明白了贝尔纳叮嘱我们保持严肃的原因。

老先生自己筹备了葬礼，使用的音乐都选自他喜欢的电影。最关键的是，他希望我们在《桂河大桥》欢快振奋的口哨曲的伴奏下把他抬进殡仪大厅。

老生常谈

"至少，你的客户都不会是难打交道的人。"

地缘政治问题

故事始于遥远的异国他乡。听说,男子在那里造风力发电厂,为了让当地人民用上电。但也有人说,他建的是一所学校,为了把知识带给当地的孩子,有朝一日把自己的祖国建设成伟大、美丽的国家……事实上,我并不清楚男子在那儿的原因。也有可能,他建造的是一家麻风病疗养院。总之,祖国把他派到异国他乡去完成一项使命,这项使命多多少少会让世界变得更加美好。

事发当晚,男子结束工作,离开办公室。他穿过菜市场,笑着跟友善的当地人打招呼,当地人也朝他微笑问好。他一边走一边欣赏他们身上五颜六色的服饰,闻着各种香料的气味,对着肥硕香甜的水果咽咽口水。这个时间段,市场里的人不多,所以他很快就走了出来,抵达一个小饭店,同事们已经在里面等他了。

一想到即将可以品尝辣味十足的菜品、喝到充满阳光气息的鲜榨鲜榨橙汁,他就垂涎欲滴。

他完全没有注意到,有个男人从他身旁走过,更没有看到他投来的仇恨的眼神。在距离餐桌几米远的位置,他向朋友们挥手打招呼。就在这时,恐怖分子启动了绑在腰间的爆炸装置,一切都结束了。

法国政府找齐了他的残骸，放进锌棺运回家乡。

按照死者生前心愿，等待他的将是一场民事葬礼，随后会将遗体火化。

偌大的追悼厅里挤满了人。

一个角落里坐着死者的妻子。她年轻漂亮，眼神澄澈，金色长发如瀑布般地披散在纤弱的肩膀上，吸引着众人的注意力。因此，没有人在第一时间注意到一个关键信息：她怀孕了。她眼睛泛红，低着头坐在那里，尽管痛苦，但仍努力保持着得体、端庄的举止。这让众多来宾称赞有加。围在她身边的，都是她的朋友们。

追悼厅的另一侧是死者的家人：死者的父母，哥哥、姐姐和他们的配偶与子女。

仪式进展顺利，非常感人。死者妻子一直默默哭泣，但始终保持着坚忍的姿态。追悼仪式结束，开始遗体告别。她起身走向丈夫的棺材，把手中的小花束放在棺材上——她之前告诉司仪，这束花完全复刻了她婚礼上的手捧花；然后，她吻了下自己的手，又用这只手轻轻抚摸了一下棺材；最后，她又回到自己的座位上。在这期间，死者家属一直刻意把眼睛看向别处，直到她回到座位上，他们才起身。

殡葬事务所员工难掩他们对死者家属的愤慨。这是多么残忍的一家人！他们竟然把这位年轻的寡妇晾在一旁！她经受着失去爱人的痛苦，却依然让自己保持得体，何况她还怀着孕呢！

棺材被抬起，运往火葬场。

追悼厅前广场上的人群分成了两拨。一边是美丽端庄的寡妇，她克制着自己的痛苦接受亲朋好友的慰问，始终面带微笑，用简单的话语感谢每一个人。另一边是死者的家人，他们脸上始终挂着一副令人捉摸不透的冷漠。殡葬团队惊讶地发现他们的技术负责人特意去跟死者家属一一握手，当他走到死者哥哥跟前时甚至还停留了片刻，说了几句话。

最后，负责人朝其他人走来。

"没什么事吧？"负责人问。

"没事。你认识这家人？"

"认识死者哥哥，我们的孩子在一起踢球。"

"啊，那我懂了。我这么问你别见怪，只是……"

"怎么？"负责人追问。

"这家人真是可恶啊！寡妇还怀着他们家的孙子，他们连看都不看她一眼！肯定跟财产纠纷有关！"

"确实如此。"

"你看，被我猜对了吧！"

"但是，我得给你解释一下。死者是个成功人士，他是位大工程师，他用自己赚到的第一桶金做了很有眼光的投资，他赚到的钱远比他需要的多。家里有一座祖传的宅邸，但他父母没钱维护，于是，工程师就把这个房子买下来了，翻修好，供两位老人居住。后来有一天，他遇见了一个比他小十五岁的女子，一见钟情，两人结婚了。"

"动人的故事。那问题究竟出在哪儿？"

"后来他得知，在他去国外出差时，他妻子……这么说吧，很忙。"

"他妻子出轨了？"

"是的，而且，她受孕的时候，工程师已经出国一个月了。"

"啊,这样啊,那我理解为什么这家人是这种态度了。"

"而且,他曾对他哥哥说过,一回法国就会提出离婚,但很遗憾,没留下任何书面证据。所以,这个寡妇继承了所有家产:存款、保险赔偿、国家补助金,还有祖屋。得知丈夫死讯的第二天,她就给公婆发了一封挂号信,要求他们搬离这栋房子。另外在外人看来,这个女人是她优秀丈夫、无差别恐袭受害者的贤妻。而死者家人却落得个一无所有,没有任何可以纪念他的东西,什么都没有。所以,你现在还同情她吗?"

听完,殡葬师们一齐看向寡妇。她脸上依然挂着同样的微笑,但是,殡葬师们对这微笑的看法却彻底改变了。

量身定做

这是一对相当年迈的老人,他们如约到达殡葬事务所选择棺材和软垫时我正在为他们准备殡葬合同。今天,老先生穿了正装,十分优雅,而以往几次见到他,他穿得都很休闲。

在棺材展示厅,老先生把不同款式的软垫样品放在自己肩膀上比较。每试一款,老太太都会在一旁评说优劣。

"这个还行……啊,这个不行,不搭!"

通常,我会尽可能让每位顾客按照自己的喜好进行挑选,但这次,看到这对夫妻的挑选方式,我的脸上还是禁不住显露出疑惑的神情。注意到我的反应,老太太向我解释,他们这样做是想看看哪款软垫与她丈夫身上的外套相配。

我天真地问:"可是,您确定您先生去世时会穿这套西装吗?"

老太太大声回答:"对啊!他今天为了试棺材才特意穿了这身出来,不然才不舍得穿呢。这可是我们为他的葬礼量身定做的啊!"

当断则断

她还那么年轻就离开了人世。死亡对这个年纪的她来说真的太早了，而且她死去的方式是最残酷、最不公的那种：被自己的爱人杀死。她曾疯狂爱恋的人竟然像拳击运动员打沙袋一样，一拳一拳地打她，最终，她倒在了自己爱人的拳头下。

追悼厅里挤满了人，座无虚席，两侧过道上也站满了人，非常拥挤。大门一直开着，以便人们可以驻足。巨大的落地窗外是一个露天平台，虽然外面下着毛毛雨，但是玻璃门还是大开着。平台上，也有几百个人正在默默地悼念这位姑娘，完全不在意这糟糕的天气。

在当地，人们对这家人很熟悉。几年前，姑娘的母亲因癌症去世，父亲尽一切努力抚养四个孩子长大。此刻，另外三个孩子都坐在第一排。

父亲也在，他坐在孩子们及他们的爱人、孩子的中间。他一动也不动，整个人都愣住了。他深感自责。女儿曾经想要跟他诉说，但他却拒绝聆听。他当时以为女儿想谈她的感情纠葛，直接用一句"你已经是个大姑娘了，你得自己想办法"结束了交谈。

他沉浸在自己的世界里，心里一直默念"如果当初能够耐心听女儿讲完，我就可以帮到她"。至少，其他孩子是这样想的。

自从把女儿的丧葬事宜委托给殡葬事务所之后,他就没怎么说过话。他给殡葬师提出的要求可以概括为一句话:"一切都得是最好的,我女儿配得上一切最好的安排。"

父亲坐在第一排,眼睛盯着面前的墙,面无表情,但双眼泛红。

周围的人都在小声议论。所有人都不知道该怎么办,让父亲一个人静一静?去跟他聊一聊?面对如此悲剧要以什么态度来面对?

悲伤之外,在场人员的另一个主要情绪是愤怒。杀人凶手虽在监狱,但并不觉得自己犯了什么罪。他甚至还请求参加"招惹了他"的妻子的葬礼,他的理由是他爱过她,并且不恨她。法官讽刺地驳斥了他的请求,指出如果这事是他一个人说了算,他会欣然接受这个请求。可如果他在了解所有事实的情况下依然鲁莽地让四名警察护送他到那个有几百号人都想弄死他的地方,那么他的上司会觉得他蠢得无可救药。

但是,杀人犯想出席葬礼的消息还是很快传到了众人的耳中,那些往日里稳重、宽容、冷静的人如今都出说了"揍他""弄死他""死刑"等字眼。

殡葬师们察觉到了现场紧张的氛围。灵柩进场的时候,气氛更加紧张。四位殡葬师心情忐忑地把棺材扛在肩上,从办公区域一侧进入追悼厅。白色棺材经过的时候,人们让开一条过道,待棺材过去再继续围上来。在正厅,坐着的人见到棺材经过纷纷起立。父亲察觉到灵柩到了,就一直扭着脖子看,视线再也没离开棺材。灵柩在金色的架子上放稳,周围摆上了几十束花。

人们静了下来,有座位的人回到了自己座位上。司仪站到讲台后面,告别仪式即将开始。

但什么都没发生,因为父亲仍旧独自一人站着,盯着女儿的棺材。其他孩子在他周围面面相觑,不知所措,不知道如何是好:怎么办?让父亲赶紧坐下?跟他说点什么?

现场异常安静。父亲向前迈了一步,然后又迈了一步,就这样一步一步地缓缓走到棺材前。他仍旧盯着棺材,抬起手,把手放在棺材上,抚在女儿心脏的位置。他目不转睛。除了女儿的棺材,其他任何人和事仿佛都不存在。

司仪不知道该怎么办。他看着死者家属,但他们也帮不了忙,谁也不敢动。他抬眼看到他的团队全员就位,如果需要,随时可以召唤。他放下心来:他不是一个人在闯难关。

上千双眼睛在司仪和父亲二人之间来回游走,众人迫切等待着,想知道仪式会如何发展。

有那么一个非常短暂的瞬间,父亲看了司仪一眼,但很快,他又重新把目光转向棺材,依然一动不动。

于是,司仪做了决定。

他宣布葬礼正式开始,就好像刚刚什么也没发生一样。他播放音乐,致串场词,邀请需要上台诵读的人诵读,最后组织众来宾同遗体告别。所有人挨个走到棺材前,用手摸一摸或亲吻一下棺材,摆上几片白玫瑰花瓣。死者的父亲依然一动不动,目不转睛地看着棺材,就好像棺材以外的一切都不存在。

遗体告别后,整场仪式结束了。负责搬运棺材的殡葬师走上去,他们小心翼翼,生怕惊扰到死者的父亲。看到他们,他抬起手,向后退了一步,让殡葬师完成他们的工作。殡葬师把棺材搬入直通火葬区的电梯。父亲看着棺材随电梯下降消失,依然没有任何反应。直至一切结束,他才转身走向葬礼司仪。

他看着司仪,说了句"谢谢",伸手与他握了握手便离开了。司仪远远地看着这位父亲,独自一人,佝偻着背,消矢在人群中。

做奶奶的艺术

故事发生在夏季。美好的七月，阳光灿烂，慰藉着人们的内心；雨水充盈，滋养着郊野大地。正值暑假，如同往年，此时的布列斯特街道上空空荡荡。小伙子于此时回到了自己家中。我们把装着他遗体的白色漆面棺材搬到他父母家，摆放在客厅，接下来的三天，死者的亲朋好友会陆续前来悼念。

这个十七岁男孩在旺代省的暑假终止于一个晚上，准确地说是凌晨。他从夜总会出来，跟朋友们一起驾车回住地，路上与一辆酒驾司机的车相撞。男孩所在那辆车的司机一口酒也没喝，但车上的五人中，三人死亡，一人重度昏迷，还有一个女孩，不知道未来是否还能重新站起来走路。

酒驾司机却毫发无伤。如果天上有一个神在保护这些酒鬼，那么一定是撒旦。

现在，男孩的遗体被放在他父母大房子的客厅里。他的三个弟弟妹妹不知道接下来该干些什么，围着棺材走来走去，不知所措，他们似乎还没完全接受躺在密封白箱子里的是自己挚爱的哥哥这一事实。确实，他们没能见遗体最后一面。还是别让他们见到为好。

男孩的父亲面色冷淡地接待着前来悼念的访客，不禁让人感叹"真坚强!"但这只是表象:他完全迷失在了自己的世界里,一切举动全都是下意识的反应。他就是一具行尸走肉,机械地做着他现在该做的事情,丝毫不明白其中的意义。

男孩的母亲遁入医生权衡利害之下用大量药物给她营造的人工天堂里。她在房间里游荡,像丢了魂一样。她的注意力不断地被一些细枝末节所吸引:摆在客厅里的那么多花该如何处理,提供给客人的咖啡够不够……她绝望地想要回忆起该如何哭泣,有几次她哭出来了。

在这场痛苦的漩涡中,只有一个清醒冷静的人,那就是死者的奶奶。她不知疲倦地照顾着家人。她告诉死者父亲需要做什么,安慰孙子孙女,委婉地建议母亲控制服药量……她不停地忙碌着,忙完一处又会立刻出现在其他需要她的地方。

葬礼的日子到了,殡葬师上门了,奶奶盯着他们的一举一动,一切都要办得完美无瑕。

殡葬师开始装运花束。他们一边搬着一边清点着花束总数,并询问站在一旁的死者母亲在教堂中这些花束该如何摆放。母亲每次迟疑或回答得不甚妥当的时候,奶奶都会装得若无其事的样子迅速、体贴地接手:"放在棺材上?棺材上已经有花束了,会不会太多了?"或者:"把同学送的花摆在后排是不是有点可惜了?"

不经意间,她很快地安排好了所有事项,而且安排得妥当周全,甚至连殡葬司仪都有些跟不上她的节奏了。"您不必担心,去了现场我可以帮助您。"老太太悄声对他说。

接下来殡葬师们开始起灵。当殡葬司仪示意他的同事们可以搬走棺材的时候,奶奶关注着每个人,确保从他们所在的位置既能目送遗体离开又不会影响殡葬师工作。

在教堂，有一位年轻的姑娘热泪盈眶。她是死者交往了一年的女朋友。此刻，她正在经历着迄今她所经历的最为痛苦的事情：跟此生爱上的第一个男人永诀。一开始她被淹没在人群中，看上去只能坐在远处参加男友葬礼了。就在这时，一只温柔但有力的手拉起了她的胳膊，把她带到了死者家人中间。

"你应该跟我们坐在一起。"奶奶言简意赅。

葬礼上人们纷纷落泪，许多人都发言悼念，都说男孩勤勉善良，称他是位好学生、好伙伴。没有任何怨恨的话语，也没有人想要报复他，可谓备极哀荣。仪式过程中，奶奶始终注视着家人，只要有人出现一点不适或晕倒、情绪失控的迹象，她就会立刻示意一位与男孩关系不那么近的远亲把他扶到外面去休息几分钟。

这位奶奶让殡葬师印象深刻。她用尽全力保护着家人，有她在，全家人没有了后顾之忧，可以自由地宣泄内心的悲伤与痛苦，悼念逝去的亲人。

最后是落葬。

前来墓地的亲友依然很多。司仪主持，众人朗读告别诗。然后，每个人走到棺材前向死者告别。终于要下葬了。在只能听到啜泣声的寂静里，棺材被降入墓穴，所有人轮流走到墓穴边扔下一支花。在此过程中，奶奶一直拉着孙子、孙女，还不时地给其他人递上一片纸巾，说上一句安慰的话，有时还会拍拍他们的肩膀或者握握他们的手臂以示鼓励。

葬礼结束了。大家站在那里，思绪回到自己身上。所有人都明白，生活还要继续，他们还有等待着他们为之奋斗的事业，就好像都知道了未来对他们的期待。

灵车停在较远一点的地方。我把下葬时用的吊绳拿上车。路上，一个背影映入我的眼帘。是死者的奶奶。她完成了自己的任务，她保护了家人，她向所有人倾注了爱与安慰，她用尽全力，努力让葬礼顺利进行。

而现在，她一个人，端庄地、静静地站在墓前，拿着手帕擦着自己泛红的双眼，她终于有了属于她的哀悼和流泪的时间。

在监视之下

我知道自己经常发牢骚。不过话说回来,法官够意思,接受了我的申请,毕竟他没这样做的必要。我的出现让气氛一下跌至冰点,但是葬礼哪儿有愉悦的呢?那个刚好在我们对面、站在话筒后面的家伙,看上去很不自在。而我还以为殡仪馆的人肯定见过很多我这样的,早就见怪不怪了。

其实他没什么好害怕的,我两边各坐了一个警察,右边是一个"好警察",左边是一个"凶警察",我们三个人坐第一排,后面三排全空着,不坐人。现场还有四个全副武装的警察把守着殡仪厅的所有出口,他们尽力遮住制服、防弹衣以及身上的马努汉手枪,以免惊扰他人。一旦有风吹草动,他们随时都会向我扑来。

我真的没有任何非分之想。不过想想也不是罪过不是?我还能去哪儿呢?又能怎么去呢?两个保镖往我手上搭了一件大衣,盖住铐着我的手铐。我穿着挺括的正装,就是之前在法庭受审时穿的那套。我只请我的律师给我买了条新领带,并不是我不喜欢原来那条,但戴着它我被判了二十年。我不是个迷信的人,不过谨慎些准没错。

只是我的在场还是让其他人很紧张。

出席葬礼的人很多。这就得说是我妈妈,她是个大好人,有一颗金子般的心,所有人都喜欢她,她也喜欢所有人。就算我因为故意伤害罪被判了第一次、扰乱公共秩序被判了第二次,后来又被陆续判了很多次,她也还一直爱着我。当我打算重新开始规规矩矩过日子的时候,她鼓励我:"我知道你一定可以的。"我撞见我那口子跟其他男人上床,最后把他们都杀了碎尸那回,妈妈在法庭上,当着吃惊的陪审团说:"这孩子可容易动情啦!"幸好母亲的实诚打动了他们,不然我可能判得还要重!

现在,母亲躺在了棺材里,就在我面前。真是精美的棺材。

殡仪馆的家伙开始讲话了。他主持得不错,不知不觉,来宾似乎已经忘了戴手铐的我和两名警察。我转向右边的"好警察":"真的不能把手铐摘下来吗?我不会逃跑的!"

他一脸冷漠地拒绝了我。这已经是我第四次问他这个问题了,所以他应该有些不耐烦了。

仪式继续进行。殡仪馆的那家伙,我想应该是叫"司仪"吧,主持得真是不错。我姐姐上台发言道别,随后是我甥女。而我没这个权利。试想,我上去念一首诗,一首妈妈喜欢的有小鸟和花朵的诗,两旁各站一名"机械战警",这是何等奇怪的场景。

生前,妈妈每个周日都来探监,她会给我带些小点心,向我描述出狱后的生活,她对我这个混蛋的爱没有一刻停止过,妈妈……这个殡仪馆的伙计确实很能干,他竟然把我惹哭了。我可是个有十多起暴力伤人、酒吧斗殴的前科,最后因为双重谋杀才被击倒的人,我是一个硬汉啊……

我转头问"好警察":"话说……"

"不行!"他不耐烦地打断我,"我已经跟你说过了,我不会把你的手铐摘下来。"

"不是,我想问,你有纸巾吗?"

这时,另一边身高两米、宽一米、长得像橄榄球运动员、身上没有一丝赘肉、方下巴、眼神犀利且之前一直把我当无聊的虫子、杀人犯、真正的杀人犯看待的"凶警察"抬起了头,红着眼睛看着同事,问道:"你能不能也给我一张?"

"好警察"跟我一起看着他,然后又相互看了看,未交一言,但我俩耷拉着嘴角达成了共识:"这个殡仪馆的家伙可真有本事!"

启人深思

人死了就什么都没有了。为什么这么说呢?因为在墓地没有售后服务。

预防交通事故

男子在省道上驾车行驶,速度几乎跟在高速公路上一样快,换句话说,比《道路交通安全法》所规定的时速快了20公里/时。他之所以开这么快是因为他对这辆车的性能很熟,而且当天天气很好。但其实最主要的原因是路上空无一人,只有他一骑绝尘。我知道,这不是一个理由,问题是这位司机是我的朋友,我不想说他坏话。但事实上,这条道路上可不只有他一个人。就像狩猎者等着食人虎出现在猎枪准星内,几个交警正在测速雷达后面等着给送上门来的违章者开罚单。

果然,故事如我们预料的那样发生了。警察——因为我并不清楚故事中的这位警察叫什么名字,所以就简单称他为警察——疯狂地打着手势,示意司机——我不便透露他的名字,姑且称他赫尔维——停车。

警察要求赫尔维出示证件,告知他违章的事实。紧接着,警察问了一个关键问题:违章者是否承认自己违章?赫尔维自觉承认了违章行为:是的,是他,他违章了,没啥好说的,他犯了错;他非常自责,他定会天天用荨麻抽自己。是的,他确实超速行驶了,而且情无可原。他认打认罚:就请警察搭起灵魂的火刑柱,集结行刑队,让他从罪孽中得到救赎并支付罚单。

极其幸运的是,这位警察让赫尔维松了一口气:不,这次没有罚单,只有口头警告,交警在这里的目的是预防交通事故发生。警察把赫尔维带到停在附近的一辆厢式货车上,他转过身去,从储物架上取下一个文件袋,并从里面取出了一摞照片,把它们摊在一张小桌上。

都是交通事故现场的照片:被撞瘪的车辆,伤痕累累的尸体,面目全非的遇难者,一摊摊鲜血,一袋袋尸体……照片完完整整地还原了交通事故的各种场景,什么都有。

"正如我跟您所说,我们在预防交通事故。"警察解释说,"您看,这些都是超速引发的。"

警察打量着赫尔维,似乎期待他能有一些反应:"看了之后什么感想?"

"没啥感想。"赫尔维回答。

"怎么可能没有?"警察反问,然后把手轻轻地扶到自己的手枪上:眼前这个男子或许是个连环杀手?

"呃,确实没有。"赫尔维咧着嘴大笑着回答,"您知道吗?我在殡葬事务所工作,我见过比照片上更惨的死亡现场。"

的确,交通事故是个严重的现实问题。但是,只要自己没碰上,人们就不会把它当回事。

蕾妮

蕾妮去世了。一个人死在了养老院里。根据她生前签的一份殡葬合同,她的遗体将被运往殡仪馆,并由殡葬师玛丽来全权负责其丧葬事宜。

没人来同遗体告别。

一个人也没有?

不,还是有一个。她的侄子。

他来殡仪馆找到玛丽。亮明身份后,他向玛丽解释,他此行的目的是取回她姑姑的戒指。这个戒指是纯金的,上面还镶着几颗钻石。玛丽回答,他的姑姑戴这个戒指已经很多年了,很难摘下来,并且老太太可能想把它一并带走。

侄子回答:

"我不在乎。我就是想要这个戒指。必要的话可以把手指切了。"

最终,我们借助肥皂,不断地揉搓死者的手,取下了戒指。

侄子拿到他的"财产"后,转身对玛丽说:"您知道哪里可以卖掉这玩意儿吗?"

玛丽不知该如何回答。我们也不知道他是否找到了转卖戒指的地方,因为后来,直到葬礼结束,他再也没有出现。

阿尔伯特

阿尔伯特可谓忠实"住户"。有些"住户"会在停尸房的冷柜里住很久。我曾遇到过一位,在零下五度的冷柜里待了十九个月。

阿尔伯特是上吊自杀的,足见他不怎么喜欢人间。遗体在殡仪馆停尸房存放了十三个月后,市政部门最终决定将他葬入贫民公墓。但就在起草决议书的时候,负责此案的警察找到了他的家属,并把遗体的存放地点告诉了他们。

这一天,殡葬师玛丽看到死者家属来到了殡仪馆,他们兴奋的样子就像小孩子去看牙医一般。玛丽很有经验,她知道,面对丧事,人们会有各种各样的反应,有些反应甚至会很奇怪,所以当她根据这家人冲她说话的语气觉得他们有一肚子的恶气要出时,她并不感到意外。毕竟有一部分人认为,死亡之所以存在是因为殡葬师以别人的痛苦谋生。但家属的反应还是让她始料未及:

"什么?我们要为这蠢货花钱?他在这待了多久?什么?一年!他倒舒服了,凭啥要我付钱!门都没有!我不会付一分钱的!我走了!"

来的这个男的说话一点不客气。和他一同前来的还有一个女的。她一副巧言令色的模样，打扮得像个妓女，她对一脸惊讶的玛丽说：

"抱歉啊，请原谅我弟弟。但是我们实在受不了老头子。他这人简直是一根筋，非常固执！他在工厂打工，三班倒，周末的时候还去菜农家打工，但从来没给我们带过一根萝卜，他的理由是得省钱供我们读书！读书？我们喜欢的是摩托这类年轻人喜欢的玩意儿，我们才不要读书！我弟弟跟我现在都失业了，所以您瞧，就算读了书又能怎样呢？幸好我们老娘跟他'拜拜'的时候把家里值钱东西都带走了，但我们啥都没捞着，老太婆太爱喝酒了，把一切都喝没了，连自己的命也喝没了。算了，就像老话说的，死者为大，不去说她了。至于我们家老头子，我们会去市政府解释，就像老娘和我们另一个兄弟死的时候那样，我们会说我们一分钱也没有，随他们把他埋进乱葬墓好了，反正就是类似这样的墓地。总之，他已经死了，好坏对他都不重要了。"

就这样，阿尔伯特从他孩子们的记忆里永远地消失了。但玛丽没有忘。直到现在，一想起这档子事，她依然感到震惊不已。

救急的卫生棉条

男子坠楼了。他从四楼的家中跌落到楼下的院子里，他的生命在见证万有引力定律的这一刻彻底终止了。问题是，他是在自己的意愿下坠落还是有人助了他一臂之力？法医的尸检证实，这是一起自杀事件。

遗体被送到殡仪馆交给我们处理，更准确地说，交给殡仪馆的冷柜。家属来安排后事，最终决定只清洁遗体，无需做保存处理。之所以这样安排是因为死者为犹太人，遗体保存是被犹太教明确禁止的做法。家属对于遗体清理工作并没有特殊的宗教方面的要求。于是，遗体修容师雅克一边大声哼着歌剧选曲，一边清洁遗体，为他穿好衣服，放入冷柜，随后，他便忙着去其他殡仪馆为其他不幸去世的死者注射福尔马林去了。按照家属的要求，遗体之后会从冰柜中移出并放置在追悼厅内，供家属在约定时间进行悼念。第一批家属将在下午2点到达。距离约定时间还有几分钟的时候，我正一边浏览死亡登记材料一边喝着杯中的咖啡，电话铃突然响了。打电话来的是我们殡仪馆一向雷厉风行的接待员玛丽-席琳。电话里，她开门见山——她就是这样的人：

"X先生的耳朵里正往外冒血，流得到处都是。"

出现这样的情况简直是糟糕透了！我立刻给雅克打电话，

询问这位爱好音乐的遗体修容师该如何处理。他的回答仅有寥寥几个字："为了防止体液外流，我已经在X先生的遗体里塞满了棉絮。这种做法的确存在局限性，但能做的我们都做了。况且他的头骨撞碎了，拼不全，不做遗体保存处理，真的别无他法。"

总之，他建议想个办法来掩盖遗体当前血流不止的惨状。鉴于他正在别处处理其他工作，这任务自然就落在了我头上。我赶紧跑下楼来到追悼厅，用棉絮做了一个枕头放在死者头下，垫在已经被血液浸湿的枕头上面。然后我告诉玛丽-席琳，问题已经解决。

但她还是有些不放心，想亲自看一眼，我们二人再次来到追悼厅。结果，新的枕头又不幸沾上了血色。我们顿时尴尬至极。玛丽-席琳指出，应该把棉花塞到尸体耳朵里，这样起码可以保证家属在场时，血不会从耳朵里流出来。至于后面怎么处理，等后面再说好了。真是让人头疼！虽说有了解决的思路，但我们手上没有棉花，也没有钳子，根本无法把棉花塞到遗体耳道里，问题依然无法解决。就在这时，玛丽-席琳突然宣布：

"我有办法了！你看，我们女人就是比你们男人强。"

"什么办法？"我问。

"卫生棉条和导管。"

"等等，你想往死者耳朵里塞你们女人用的卫生棉条？"

"是啊！卫生棉条是什么？不就是吸收能力很强的棉花吗？我们可以用导管把卫生棉条塞进死者耳朵里，把棉条上的棉绳剪掉，家属就只能看到棉花了。你有更好的办法吗？没有吧？既然没有，那就快去给我找把剪刀来。"

说干就干。当天在值的四位殡葬师目瞪口呆，纷纷停下手中的活，前来观摩这一闻所未闻的方法。玛丽-席琳无比轻松地把卫生棉条塞入遗体血淋淋的耳朵——通常遗体修容师得用钳子外加灵巧的双手才能完成这项工作。接着，她剪掉了卫生棉条上的棉绳并向我们指了指这具耳朵里面塞着一块棉花的尸体。考虑到死者生前的悲惨经历，尸体耳朵里有一块棉花并不让人感觉有何不妥。总之，现在这具尸体可以体面地出现在家属面前了。家属如约来到悼念厅悼念死者，结束后便离开了，对于殡仪馆的各项工作没有任何异议。任务完成。

但是，故事还没有结束。因为玛丽-席琳次日休班，所以将由克里斯托弗负责上午的家属悼念，中午由若埃尔接班，负责下午的悼念活动。到了这个点，尸体耳朵里的卫生棉条已浸透血液，并且，受到血液和尸体内部分解气体的压力影响，开始往外滑动。结论：该换棉条了。

我们全在办公室忙着当天的收尾工作，玛丽-席琳来了，手里拿着一盒新的卫生棉条，当然，还有配套使用的导管。我想克里斯托弗一定非常惊讶，自己竟要在将近晚上6点的时候参加一场关于如何将女性卫生棉条塞进耳道的速成（含理论）培训课程。另一位同事拉斐尔也是如此。我又惊又怕地读着卫生棉条的图解说明书，深感自己对于女性的了解又加深了一层。"放轻松！"这句话在使用说明书中多次出现。我想，如果不这样，又能怎样呢？克里斯托弗肩负双重使命：一是在次日上午更换死者耳道中的卫生棉条，二是在中午换班时培训若埃尔，教会他如何操作。我们仿佛看到克里斯托弗绞尽脑汁打腹稿，以便下班回家后向妻子解释衣服口袋里为何装了那么多卫生棉条。玛丽-席琳向我们展示完男人想要摆脱女人还为时尚早的事实后便回家了。现在只有一个问题让她的担心：买卫生棉条的钱该如何走账报销？

说好的奢华、平静和永恒呢？

老先生生前签署了一份殡葬合同。这是一位孤老，家人、朋友已全都先他而去。他还算有钱，所以为自己选择了"豪华版"殡葬合同，条款中包括去世后使用奢华的棺材盛殓，并且在他的豪华公寓中停灵数日。这栋公寓是他年轻时梦寐以求的住所，他打拼了半辈子才终于买到手。

现在他离世了。刚来工作不过两天的年轻的家庭保姆发现了他坐在棕色皮面扶手椅中已经冰冷的身体，在他的膝盖上摊放着一本《萨朗波》，旁边壁炉里木柴已燃尽。他走得如此安静、体面，确实是一位有身份的人。

眼看刚到手的工作就这样没了，保姆骂骂咧咧地打电话喊来了医生。医生在确认老先生死亡后，便通知了殡仪馆。殡仪馆的电话号码就放在电话旁边，很是显眼。

必须说明的是故事发生在某个周六，下午当值的这位专业但经验尚有不足的殡葬顾问已经开始看时间，他迫切等待傍晚到来，好把工作交接给值晚班的同事。

就在这时他接到了医生的电话。他找出老先生生前签署的殡葬合同，给后勤中心打了个电话，通知他们准备好棺材去入殓。接着，他填好了相关文件，看了看表，穿上了外套。在去车库的路上，他滑倒了，重重地摔在地上，腿上两处明显的骨折，因为骨头已经露在外面。

然而，对于上述意外，上门入殓的殡葬师并不知情。他们准备好了棺材，来到死者家中，清洁了遗体，完成了入殓。结束后，他们满意地离开了死者的公寓，按照与保姆的商量结果，把死者家中的钥匙带回殡仪馆暂存，随后便又去各干各的了。

事情按部就班地进行。受了伤的殡葬顾问做了手术，请了病假在家休养。日月穿梭，每一天都在繁忙中度过。仓库把棺材订单送到办公室，办公室开了发票，寄往老先生殡葬费用的代管机构。老先生的遗嘱被送到了公证处，结果等了好几个月才被打开。老先生去世几周之后，其公寓所在大楼的住户给物业打电话，称有一股恶心的味道弥漫在大楼的公共区域，随后渗入到他们的私有空间。气味似乎来自这套无人居住的公寓。在住户的强烈要求下，物业派人去现场查看。在公寓门口，物业工作人员猜测恶臭是漏水引发公寓中物品发霉所致，于是他们找来消防员撞开门。

整个豪华公寓都弥漫着这股恶臭。

他们进入门厅，左侧是厨房，正面是一条长长的走廊，两边通向不同的房间。门厅右侧是客厅。

就在客厅里，他们发现了支架上陈列着的老先生的棺材。棺材盖敞开着，老先生舒服地躺在里面，身上爬满了虫子。所有人都忘了他还在这里。

您知道吗？

葬礼
Obsèques

法语中表示"葬礼"的obsèques一词是基于拉丁语中obsequiae一词形成的，而obsequiae来源于拉丁语中的exsequias。obsequiae表示"队伍、行列"，exsequias表示"殡葬"。值得注意的是，法语obséquieux（巴结的、阿谀奉承的）与obsèques有相同的词根。因为在不同时代，不管是出于信仰还是迷信，人们不会对死人说三道四，总是选择赞美，有些赞美甚至是夸大、不切实际的。所以法语中être obséquieux avec quelqu'un（奉承某人、巴结某人）的字面意思就是如同某人死后那样夸赞他。

捉迷藏

关于死者,我们并不是很了解,只知道她已婚、已育且已离世。大概是得了重病。入殓只有少数亲友出席,完成得很顺利。送葬人群随后前往教堂。在教堂里,一个小姑娘加入了他们。她看上去四岁左右,穿着一条灰色连衣裙,瞪着惊讶的眼睛环顾四周,时不时扯扯爸爸的袖子,叫他看这个或那个人。爸爸妈妈认识的所有人都聚集在这冰冷的建筑里让她感到很诧异。她的爸爸有些窘迫,不知所措。于是,女孩的姨妈,也就是死者的姐姐,过来拉住小姑娘的手,俯身在她耳边叮嘱她一定要保持安静。小姑娘静了下来。但在棺材经过的时候,她又最后问了句:"妈妈在里面吗?"

这句话戳中了所有人的痛处。随后,小姑娘一直乖乖坐着,别人起身她也跟着站起来,就像大人要求她的那样,尽可能不发出声响,保持安静。仪式结束,送葬队伍出发前往墓地,在那里最后告别死者,埋葬遗体。

棺材被放进墓穴,人们围在墓穴周围默哀,非常安静。小姑娘本来乖乖地站在爸爸身边,突然,她把自己的小手从爸爸的手里挣脱出来,蹒跚地跑到墓穴边——现场谁都没来得及反应——俯身朝妈妈的棺材喊了一句,让所有人都傻了眼:"好了,妈妈,快出来吧!别再和我捉迷藏了!"

乔

他叫乔瑟夫,但是大家都叫他乔,可能是因为看到他,大家就会不由自主地想到路易·德菲内斯出演的那部电影《乔》。他长得和路易·德菲内斯一个样,只是比这位喜剧演员沉闷多了。乔从事殡葬工作多年,自打他很早辍学谋生起,他就在这行里了。

究竟多少年了?没人说得出,大家甚至连他的年龄都不知道。他沉默寡言,不怎么说话,多余的话从来不说,更是从不提及自己的事。然而最近,乔的话多了起来。他还私下支支吾吾地向同事打听预支工资和提取企业年金的事。通常,企业年金会被打进某个账户,只有员工退休或实在需要时才可支取。乔这样一打听,关于他的传言就传开了:"乔遇到大难题了。"

所有人都想帮助他,原因很简单:乔是个闷罐子,但的确是位好同事,哪里有重活哪里就有他,从不推诿,毫无怨言。而且他为人诚实无欺,欠多少就还多少。但乔拒绝了大家的帮助。

"没大事。就是离婚事情有点多。这段时间的确不好过,但我会熬过去的。"乔说。

乔离婚了?这可真是头条新闻!之前,通过闲聊,我们隐隐感觉乔有老婆,甚至还有孩子,但也只知道这些。他竟然要离婚了？对这个原本就不怎么快乐的男人来说，这无疑是雪上加霜。

一天，在结束了一场相对棘手的葬礼后，乔感慨："我真是受够了这糟烂的工作！"

但当我们问他为什么这样委屈自己而不换份工作的时候，他回答："换什么工作呢？别的活我也不会。"

最终，乔挺不住了，他开始向身边人寻求帮助。

他先去找了老板，申请预支工资。经理递给他一个信封，里面装满了现金；"预支工资并不能解决问题。你今天预支一次去填上个月的窟窿，之后你又会预支第二次来填这个月的窟窿，这样下去不行。今天给你的这些钱是从我们的小金库提取的，全都是我们的外快收入，以备不时之需。你不要拒绝。这些钱就是用来应对突发状况的，就像你现在遇到的情况。这笔钱等你有能力的时候再还就行，不必担心。"

接着，乔去找了同事们。乔需要人手帮他搬家。所有人都乐意帮忙，为了乔，谁都没有二话。因为每个人都受过乔的恩惠：周末或假期和他换班，乔总是与人方便一口答应。可能大家都有一种负罪感，觉得是不是他们拖累了乔，导致乔太太受够了婚姻决定离婚。乔搬家这天，所有人都在约定的时间到达了，连经理也来了，还开来两辆公司的车给乔搬家用。

"不用花钱去租车了。你需要的都在这儿了。"

乔有几件他父母留下来的大家具，都被搬上了卡车运往他提前租好的一个临时储物室。搬家结束后，生活继续，唯独乔不再是以前的乔了。工作上，他不再如以往那般积极，变得更加忧郁，甚至有几次，他上班迟到了。显然，这份工作成为了他的负担。同事们开始担心乔，缠着他问："离婚的事办的怎样了?"

"不是很好。我妻子煽动孩子们和我作对,想尽办法阻碍我卖房子。房贷要我一个人还,房子却不让我住。我的律师似乎不太行……"

"那你现在住哪里啊?"

"我找了个地方落脚,房租不贵。"

"哦,但这不是长久之计啊。"

"的确,现在的一切让我很压抑,喘不过气。还有工作里遇到的这些死者,一直哭泣的家属。我真的受够了,可我又能怎样呢?"

"那晚上,你通常会做些什么来调节情绪?"

"什么也不做。我就坐在椅子上,看看电视,喝点酒。"

一切都明朗了。乔极度抑郁,借酒浇愁,每况愈下。经理决定再帮他一把:"乔,我们在一起工作很多年了,你不能再这样继续下去了。我不想看到你继续消沉下去。不不不,你不用解释,一切都写着了:你已经多久没好好吃过饭或者睡个好觉了?你沉迷于酒精,乔,而且你一边喝一边反复想那些负面的事情。如果你酗酒不能自拔,我可以介绍医生帮你治疗。我会帮你办好手续,为你保留职位,直至你回来。如果你厌倦了现在的工作,或者说这份工作让你变得压抑沉重,你还可以参加职业培训,这是你的权利,我们会帮你支付转型的培训费用,我也会帮你找其他工作。又或者,你只是想休假?如果是这样的话,告诉我你需要休多久,你想休多久我都可以批准。我还可以给你一笔奖金,你只管去呼吸新鲜空气,随便去哪儿都行,去享受阳光,但是,你一定要行动起来,改变现状!"

乔只简单地说了句:"不用,谢谢。您说的对,我会振作起来,重新开始。"

乔真的重新开始了。渐渐地,我们又看到了从前的那个乔,但与以往有些不同。有时,他会给同事讲笑话,内容并没有多么复杂,大部分也都是大家熟知的,甚至有些老套过时,而且他不太擅长讲笑话。但是同事们还是会笑一笑,一方面想要鼓励乔培养幽默感,另一方面,也惊讶于乔竟会说一些诸如"啊,您认识这妞啊?就是刚才电梯上那两人,她们当中的一个?"这样没有分寸的话。个别时候,乔还会像以往那样沉默少语,眼睛会短暂地空荡无神。但总体说来,以前的乔回来了。

正如有时会发生的那样,殡仪馆迎来了相当忙碌、沉痛的一天。上午,殡葬团队为一位死于癌症的半百女士办了丧事,教堂里挤满了人,所有人都眼含热泪。下午,又去为一名死于车祸的年仅二十岁的小伙子送葬,遗体入殓时,死者母亲一直拉着他死去的儿子,不肯放手,是乔上前把她搀走。第二天,乔没来上班,他的电话也无人接听。乔搬家后没有更新在公司登记的居住地址(他还是回原来住的地方收取信件),所以没人知道他现在住哪儿。于是,这天上午,同事们在没有乔的情况下完成了工作,下午亦是如此,乔依然没有出现,所有人都想知道乔究竟去了哪里。每个人都觉得——但没人敢堂而皇之地说出来——乔前一晚可能又喝得酩酊大醉,现在一定待在某个地方醒酒。来了一项警方征调任务,两名殡葬师去了现场,其他人也不下班,就待在设法联系乔的经理身边晃悠。入夜了,仍然没有乔的消息。突然,电话响了,不过是出现场的两位同事打来的。大家又毫不在意地闲聊起来,可能太过聒噪,因为经理突然喊了一声:"安静！我什么都听不清楚了！你说什么？乔跟你们在一起？"

他关上了办公室的门，大家没有听到后续内容。但毫无疑问，这通电话与乔有关，大家猜测：乔也去了现场，去协助两位同事工作。

过了一会，经理室的门开了，大家争相上前询问："乔跟他俩在一起吗？他一整天都干什么去了？他去那里干什么啊？"

然而看到经理脸色苍白，大家全都住了嘴。经理吞吞吐吐地说："乔的确在现场，但他不是去工作的，他就是死者。"

所有人鸦雀无声。

"乔上吊自杀了。"

那晚，任何进入办公室的人都能看到这样一幕：十几个殡葬师一起为一位死者哭泣。他们在为一个朋友哭泣。可能也是在为这世上所有像乔一样的人哭泣。

迟到

这也迟到太久了。稍微耽搁一会儿无可厚非，或许被这样或者那样的事临时绊住。可今天这位神父先生实在是太夸张：在葬礼上迟到四十五分钟，这已经不是简单的疏忽了，而是缺乏最起码的尊重。家属、来宾、殡葬师不约而同地都这样想。幸好，这天的天气还不错。

教堂早已布置妥当：花束摆放在祭坛下，灵柩台架也已经摆放到位，就等着殡葬师们把灵柩抬上去。按照习俗，死者躺在棺材里，静静地等着侍奉天主的神父到教堂门口来把他接进去。但神父就是没有出现。

寡妇开始咒骂这个年轻的神父。之前筹备葬礼的时候他挺和善的，只是略显疲惫。确实，他的接待很周到，也曾恭恭敬敬地聆听她的要求，仪式也一定会完全按照她亡夫的心愿进行。但这一切都无法弥补一个事实：仪式应于下午两点半开始，而现在已经三点一刻，神父依旧没有出现。

教堂工作人员、执事、助理奔来走去，用力拧着手，连连向家属道歉，不断拨打着电话。然而，这些都无济于事：神父依旧没有出现。

终于，司仪耐心耗尽。他朝灵车走去，觉得有必要给办公室报备一声，后续一切活动都需要延迟进行；他还得通知在墓地等待的石工，并向主教府反馈他对于这些年轻神父的意见。他从副驾驶座的储物箱里拿出手机。他向来习惯把手机放在那里，这样可以避免在接运遗体时手机响铃或者震动，还有一个原因：手机放在口袋里会凸出来，着装看上去就不平整了。

他拿出手机，注意到有七个未接来电，都来自一个号码，是他同事的号码。而这位同事恰恰是一位很讨厌各种短信、留言和新奇功能的人，他说他能够原谅妻子不忠，但他无法原谅妻子买了一部电话留言机，所以他提出离婚。他传递紧急消息的方法就是一遍一遍地拨打电话，直到对方接听。

这时，手机又开始震动，同事拨来了第八个电话。

司仪接起电话："你好！我希望你真的有重要事情要说，因为我现在……"

"有大麻烦了……"

"你怎么知道的？"

"你是不是负责在教堂的一场葬礼，和X神父一起？"

"对啊，但是他没来，我不知道发生了什么……"

"我知道，他跟我在一起呢。"

"跟你一起？他究竟在搞什么？把电话给他！"

"我觉得他应该没什么话跟你说吧。"

"怎么会没话跟我说？首先他得说'抱歉'，然后最好说'我马上来'！他现在到底在哪？"

"在他的车里。容我打断一下，他的车撞到了树上。待警察做好现场记录我就把他带走。"

"……"

"闲着也是闲着,所以我刚才联系了主教府,另一位神父已经在路上了。"

这位年轻的神父兢兢业业。从一个教区到另一个教区,从一个教堂到另一个教堂,从忏悔到临终敷油,他从未让教民失望过。但这次他精疲力竭、严重透支,竟然在开车时睡着了。

仪式比预定时间晚开始了一个半小时。来救场的神父非常有经验,虽即兴主持但还是让家属很是满意。当天,死者家属仅仅被告知原先的神父遇到了"严重的身体健康问题",直到第二天他们才知道事情的真相。

车祸让这位年经教士拥有了世界上最好的迟到理由,毕竟,哪位神父会在赴上帝之约时迟到呢?

站得越高，摔得越狠

各项工作进展顺利：入殓，遗体运送，教堂仪式，下葬，全都非常完美。

葬礼司仪站在灵车旁边，目视着最后一批家属，他们刚刚依次从墓穴前走过，有的从一位遗体搬运工手捧的花篮里取出一些花瓣撒向墓穴，有的从墓穴旁的土堆捧起一把沙土洒在棺材上。家属中年纪最大的是死者的妹妹，她被人搀扶着站上了墓穴前的小土堆。

遗体搬运工们注意到了所有潜在的危险，于是在墓间站定，充当起人形护栏。

司仪站在后面的一条小路上，这是离开这片墓区的唯一一条便捷的小路，同时也是一条完美的"拦截之路"。这条路不仅可以让司仪在家属完成悼念之后把文件交到家属手中，还可以让他悄悄地离开。

司仪清楚，悼念活动很快就会结束：死者家属为前来吊唁的宾客准备了茶歇，所有人都会前往事先安排好的接待厅喝咖啡、交谈，他们不会一直停留在墓间小路上，墓地他们已经看厌了。况且，马上就要下雨了。

不出所料，悼念活动很快结束了。殡葬师看到死者的孙子们陪同来宾前往接待厅，而死者的孩子则向他走来，他们似乎有事要询问。

不外乎一些很实际的问题,比如说墓穴填埋、墓碑摆放、墓碑名字雕刻等,都很寻常。司仪礼貌地解答,与此同时,搬运工正在打扫灵车,整理器械,一边忙着一边与挖掘工聊着天。

突然,一声沉闷的撞击打断了他们的对话。

"这是什么声音?"死者的大儿子问。

"好像是什么玩意儿撞到了什么玩意儿。"死者女婿回答,这描述真可谓具体清楚到令人感动。

此时,司仪的脸色一下变白了,他慢慢意识到到底发生了什么:这个声音是身体撞击到棺材的声音。他又突然想起,刚刚并没有看到死者的妹妹随同第一批家属离开,也就是说,这位老太太消失不见了。这时,痛苦的呻吟从墓穴中传了出来。通常来说,家属已经离开,此时的墓地应该是一片沉寂才对。

司仪赶忙跑到周边沙土松软的墓穴前,老太太刚才就站在边上往里看:

"该死!谁能帮我搬个梯子?快叫急救!别忘了拿块裹尸布!呃,呸呸呸,是毯子!"

菲利普

献给菲利普

在殡葬业有时会遇到一些意想不到的人。我的一位前领导菲利普就是其中之一。我和他一见如故。当时，菲利普从伊勒-维莱讷省调到布列斯特工作。至少有一点是确定的，对我们这座美丽的城市，他的妻子并没有一见钟情。当然，这与我们的故事没什么关系。

菲利普是个很平常的人，年近四十，个子高挑，戴着一副眼镜，给人一种保险公司高管的印象。事实上，在进入殡葬业之前，他确实担任过一家保险公司的高管。

巧的是，他来布列斯特后的第一个当值周末刚好跟我一起搭班。那段日子很平静，去世的人不多，零星的几个死者都被同行把生意抢走了。

到周五了，安然无事，没什么活。中午，我到岗接班，下午去接运了趟遗体，晚上回到家中，度过了一个平静的夜晚。第二天，我正常上班，做的都是些日常例行工作：殡仪馆维护，遗体接运，准备棺材。完成后，我去经理室和菲利普道别。

"回见！"菲利普对我说。

我没有接话。其实，一起搭班的人相互开个玩笑是很正常的事情，我们时常把"不是我不爱你，但我真的不想在周末见到你"挂在嘴边。

我回到家，忙忙这，弄弄那，好不容易到了晚饭时间。就在我准备开动的时候，值班电话响了：警方征调。

我立刻前往指定地点，在那里与菲利普会合。我们收殓好尸体，把它运回殡仪馆，放入冷柜。清理完"无接车"（无棺接运车），我向菲利普伸手道别，弹起了老调："不是我不爱你，但我真的不想在周末见到你。"

菲利普大笑着同我握手，还是那句："回见。"

回家路上，我一直在心里嘀咕，菲利普的确是位好同事，但他会不会长了一张乌鸦嘴。一个半小时后，电话铃又响了，我简直要骂娘。电视里放的这集《犯罪现场调查》我才看到一半啊。这是我喜欢的一部剧集，我就喜欢看这类在编剧的幻想与现实之间反差巨大的电视剧。电话依然是菲利普打来的，又是警方征调。我们再次出发，完成了工作。

分手的时候，菲利普劝我："你最好赶紧睡一觉，晚上能睡的时间不多了。"

我问他为什么这样说，他也不回答，只是笑得更欢了。

果然，凌晨四点的时候，菲利普再次把我喊醒：有一具尸体需要接运。

还是那一套，我们把尸体装车运到殡仪馆。

待我们忙完，清晨的第一缕阳光已经浮出了地平线，我们决定一起喝杯咖啡。终于送走了这一夜。在员工入口，我一手端着咖啡，一手拿着烟，问菲利普：

"你是不是可以通灵啊?"

他大笑,问:"为什么这么说?"

我说我感觉他似乎总能轻松预知我们接下来的工作:"那只有两种解释,要么你真的通灵,要么就是你把这些人杀了。但我怎么看也不觉得你是个连环杀手,所以就只剩第一种可能了……又或者你是预示着厄运的黑猫?如果是这样的话,求求你,在我一觉睡到自然醒之前,不要再开口讲话了!"

他向我解释自己肯定不是通灵者,但他跟我一样也曾怀疑过。简单来说,他有一种直觉,他知道是否将有电话打来或者何时打来。例如,当他想看《犯罪现场调查》的时候,他最多只看两集,不会看第三集,因为他知道看到一半一定会有电话打来,他无法看到结局。这种预感从来没错过。

菲利普在布列斯特工作了八个月。无奈,妻子下了最后通牒,再不回圣马洛就离婚。于是他辞职干回了老本行——保险业。

在这八个月的时间里,他尽可能安排我俩一起值班。同他一起工作的确是种享受。在这期间,我一直巴望看到他这奇特的预感天赋失灵的时候。

可惜,我一次都没成功,他从没失算过,就连那种完全无法预料的事情他也都预料到了。菲利普离开后,我深感工作再也没了方向。

五毫米

不久前,我在网上读到一篇小文章,说一位女性因重达140公斤而无法火化。我不是质疑这一内容的准确性,但读到这篇文章,电脑屏幕前的我还是难免心存疑惑。似乎某些老式火化炉不大,据说这样设计是为了减少燃烧时热量的损失。但我从未见过这种火化炉。

我倒是见过一个大型火化炉,同样把我们急出了一身汗。当时需要火化一位身材高大的男性死者。他不仅个子高,而且肩宽体胖,他的棺材是我见过的最大的棺材。得亏负责搬运棺柩的殡葬师们有粗壮的手臂,加上我们带来的加固推车的辅助(我们根本没考虑用肩扛),遗体接运还算顺利。葬礼一完,我们就出发前往火葬场。

在那里,火化工简直不敢相信他们的眼睛。他们喊来了技术负责人。这位负责人像个疯子一样量来量去,绕着棺材转了一圈又一圈,最后终于开腔了:"好吧,我有一个坏消息、一个好消息,以及另外一个坏消息。"

"那就按照顺序一个个说来听听。"

"好的。首先,第一个坏消息:我们需要把棺材的把手卸下来。由于棺材盖已经封上了,而且把手是从棺材内侧固定的,所以得用锤子从外侧敲掉。我已经派人去拿锤子了。司仪要向家属把这一情况解释清楚。那随之而来的好消息就是,取下把手,那么棺材就进得了火化炉了。"

"懂了。那另一个坏消息是什么?"

"就算把把手卸掉,也只有五毫米的富裕。"

"每侧五毫米?"

"不是,是两侧总共只有五毫米的富裕。否则算什么坏消息。"

在火化工和技术负责人的陪同下,司仪把情况向家属做了解释(幸好,家属并不否认他们离世的亲人身材肥胖,并且完全理解殡葬师们的决定)。然后,司仪和火化工陪同家属前往火化观察室。家属可以通过一扇玻璃窗看到隔壁火化间的火化过程,但只能看到棺材的一侧。

在火化间内部,有些事情是家属看不到的。一位同事,技术负责人,加上我,我们三个会躲在家属视线的盲区,戴着厚实的耐火手套,拿着撬棍,在一旁待命。若想让棺材顺利进入火化炉必须将棺材笔直地运入炉口,稍有偏差,棺材就会卡在炉口,一半在炉内,一半在炉外。万一出现这种情况,我们中的一人先去将观察室的窗帘拉下,避免家属看到我们后续的处理过程(这点也已经事先告知家属)。然后,这位同事再同另外两人一起,合力把棺材推进炉子。这当中一旦发生意外,就轮到司仪和火化工拿起灭火器掩护我们撤退。技术负责人向我们解释了一个有趣的细节:我们只有30秒的时间来把棺材推进火化炉。30秒后,炉膛内摄氏900度的高温就会让木棺达到燃点,一烧起来,火化间内的空气便无法呼吸,且会灼伤肺部。至少火化炉建造商是这样说的，而我们并不想亲身验证这一说法的准确性。所以，指令很明确：数到三十，我们需要放下一切，全体撤离。

于是，我们仨在家属看不到的角落里等候。火化间的门打开了，火化工走了进来，司仪紧随其后。在棺材前，他们先默哀了一会儿。然后，火化工走向操控台，按下启动键后回到自己的位置上。火化炉的门向上升起，仿佛开启了炼狱之门，一股热浪瞬间席卷了整个火化间。从我们藏身的位置可以看到火化炉内的耐火砖被烧得通红。殡葬工作中最令人痛心的事情我几乎全见过，但有一件事是我一直且永远无法习惯的，那就是遗体进入火化炉的那一刻。活塞式机械手把我们精心处理过的棺材不偏不倚、笔直地推进火化炉。炉门还没完全落下，棺材已经开始燃烧。

炉门重新关上。这一刻，时间好像静止了。大家的脸上都显出松了一口气的神情。

司仪和火化工去找家属商定递送骨灰盒的时间，而我则去找饮水机。不知道为什么，我感到喉咙发干。

独居

我们接到警方征调的电话。这次是一位独居在廉租公房里的老太太。晚上大约9点30分,到场的警察发现在家中故去的老人。亡故时间大约在两小时之前。报警的是两位邻居。因为她们发现,虽然天已经黑了,可老人的房间里依然黑着灯,护窗板也还开着。而据她们平日里的观察,如果老人家中有客,那么她会开着护窗板,同时灯也应该亮着;如果她一个人在家看电视,那么她会在主持人播完晚8点新闻后立刻关上护窗板。两位邻居之一经常和老人一起去购物,老人并没和她说过儿子今天会来接她去吃晚饭,所以她推断老妇人应该在家。两人按了老太太家的门铃,结果无人应答。

多亏了这两位警觉的邻居,老太太去世后不到两小时,警方和急救队就抵达了。他们找来锁匠开了门,并通知了老人的儿子。他正在赶来的路上。

您的邻居中有独居老人吗?

您了解他们的生活习惯吗?

如果发现异常情况,您知道拨打哪个电话求助吗?

对于上述三个问题,如果您能给予肯定回答,那您就是个了不起的人。绝对没错。因为此类独居死者的故事我几乎只能讲出这一个。在大多数情况下,我接触到都是他们已经腐烂的尸体。具体是多少?一百?五百?我早就停止计数了。

另外,您别不信,同那些曾在2003年法国极端酷暑中"通关打怪"的高手同事相比,我只是个低级玩家。那一次,他们每人都处理了十具、十五具,甚至二十具腐烂的尸体——每天。

启人深思

一位朋友给了我一个打火机,是他在美国旅游时带回来的。打火机的一面用英语写着"感谢品鉴",另一面却写着搞促销活动赠送这个打火机的殡仪馆地址。看到这,我戒烟了,您是不是也得考虑一下了?

木乃伊

这是一次警方征调,难度不大。死者是一位单身女士,死于家中。

一名典型的孤身死者:与妹妹不睦,受监护。请注意:受监护。也就是说,法官把她的财产,即其养老金,交由职业监护人管理,就像电视连续剧《监护人》里演的那样。与电视剧不同的是,这是一个真实的故事。

死者的监护人很好地履行了自己的职责:他定期查收死者的养老金,支付被监护人产生的各类费用及房租,帮助被监护人把剩下的钱存起来——当然,在储蓄之前他会从中扣除自己的酬金。职业的嘛。

邻居们也很和善,说起这位女士,他们不吝赞美之词,说她是个低调的人。的确,再要低调的话,那只有去死了。

她就是这样死得悄无声息。有一天,有人突然察觉,已经有"好多天"没看到这位女邻居了,于是报了警。警察继而联系了消防急救。他们抵达后,先是透过死者家的窗户张望了一番,最终敲碎玻璃,进入死者家中,从里面给警察开了门。这时警察和急救员之间的对话我们完全能够想象得到。

警察:"所以,人已经死了?"

急救员:"呃,您还是亲自来看一眼吧。"

他们一起看了看。从震惊中恢复过来,他们决定联系刑警。面对此种情况,有必要让刑警带着法医到现场走一趟。

等法医和刑警来了,他们合计一番,又给殡仪馆打了电话。没过多久,殡葬师就赶来了。

殡葬师:"尸体什么情况?"

警察:"呃,您自己看吧。"

殡葬师也看了一眼。我们可以想象殡葬师看到这生平从未亲眼见过的场景时的神情。

女士的确已经死亡。她坐在沙发上,身边放着报纸。没有气味,一切都很洁净、干燥。连蛆虫都没有了。不对,更准确地说,应该是从没有过蛆虫。

这简直难以置信!

"死了多久了?"

警察镇静地解释道:"法医会给出具体的死亡时间。目前真的很难讲,不过照那张报纸上的日期看,她已经死了三年一个月零十四天了。"

所以死者在沙发上坐了三年。这期间,多种有利条件的共同作用导致了一种罕见的现象:尸体没有腐烂,没有生蛆,完全干尸化了。就像"丁丁历险记"《七个水晶球》里的木乃伊。

没人知道那位在这三年里支付了所有煤气费、电费,却从没意识到自己的"客户"再也不买食物的职业监护人后来怎么样了。总之他没吃官司。我听说他受到了处分——打手心而已,说他到现在还干着这行。这完全有可能。

早已与死者闹翻的妹妹支付了丧葬费用,并且送了一个漂亮的花圈。该做的她都做了。或许,这么多年,她已经改变了对杳无音信的姐姐的看法。但葬礼上她还是没有出现。

如此罕见的死亡现场让殡葬师们终生难忘。

欲盖弥彰

有些家属会问我们一些稀奇古怪的问题，让我们思考职业秘密的界线在哪里。

我："您好，这里是殡葬事务所。"

他："呃，您好！是这样，呃……我的舅舅，杜邦先生，就是上吊自杀的那位，你们把他交给尸检部门了……"

我："我们把死者遗体交给法医鉴定中心了，尸检在那里进行。"

（此时，电话另一头有两个人在说些什么，具体内容听不清楚。）

他："我的妈妈想要知道为什么要尸检。"

我："具体原因我也不是很清楚。通常来说，如果死亡原因异常，或者死亡现场有重要发现，警方就会要求尸检。法医将解剖尸体。但尸检很快，无需等太久，我们可以提早准备葬礼。"

（电话另一头传来窃窃私语的声音，好像有些惊慌。）

他："是这样啊，但是……呃……如果他不是上吊自杀，这能通过尸检查出来吗？"

这个问题让我感到震惊："是的，尸检的目的就在这里……您为什么会这样问？如果您有问题或者有什么新发现，我可以给您负责该案件警官的联系方式……"

来电者与他身边的人又惊慌地说了几句,然后,他在电话里对我说:"不用了不用了,没什么问题,谢谢,再见。"

话音一落,他就挂断了电话。

几天后,我得知死者的好几名家属都被警察传唤了,他们被怀疑参与了谋杀。利欲熏心,为了几个臭钱。

大侦探波罗

老花样：警方征调。事发现场是一间干净整洁的小公寓，里面孤身住着一位老太太，显然，老人很喜欢看书，书架和四个房间的塑料收纳箱里都堆满了书。

家中各个细节都说明死者是个富裕的中产阶级，其生活慵懒随性。

警方叫来两名殡葬师，是一家新开张的殡葬公司的年轻经理和他新招聘的员工，这位新人有段时间没在这一行干了，所以特别想找个机会表现一番，给经理留一个好印象。但似乎一切都事与愿违：被电话强行从床上拖起来，他发现所有正装都还在干洗店。他开车驶过一个又一个建筑工地，穿过这座他已离开近三年且令他感觉完全陌生的城市。最终，他到达了现场，衣冠不整，还带着些起床气。

老人躺在卧室窗户与床中间的地板上，看样子至少死了三周了。警方没有发现任何可疑迹象，拍了些照片就把现场交给了这对新搭档。

两位殡葬师把尸体拖到房间中间，然后抬起尸体一侧，以便把裹尸袋从尸体下方穿过。这样一来，两位殡葬师把尸体情况看得清清楚楚。

突然，年轻经理停了下来，站起身来。

同事见状，好奇地问："怎么了？"

"你什么都没发现吗？"

同事仔细地观察了一番，回答说："没有啊，怎么了？"

"你不觉得这条毯子裹着死者脖子的方式很奇怪吗？"

的确，这条格纹毯子乍一看的确会让人们觉得它是盖在死者身上的。但是在死者脖子处，它又是缠绕状，而且缠得很紧。这个细节极易被忽略，直到这时才被注意到。新员工环顾左右，这一次，他想要看看房间里有什么地方可以让老人悬挂毯子上吊自杀。结果没找到任何合适的地方。

他们最后喊来了等在公寓门口悠然闲聊的警察。经理阐述了他们的疑惑及猜测。在场最年长的警察看了一眼便得出结论。

"哎呦，是的哎！好吧，计划有变，送去法医鉴定中心，我来通知刑警。"

就按他说的那样办了。

调查发现，这是一起谋杀。警察最终锁定了罪犯，却因证据不足，没能将他绳之以法。

圣诞快乐

对圣诞节当天值班的殡葬师来说，没有什么比被叫上门处理尸体更让人难受的了。

圣诞节在我们社会的传统和集体风俗方面都是极为特殊的一天。急救医生，消防员，救护车司机，警察，殡葬师，所有人都觉得在12月25日这个欢乐的节日中去世毫无道理，有点过分。至少在集体想象中是这样。

请允许我描述一下这种情形。

圣诞节这天轮到您值班，您在自己家，或和父母、亲戚聚在一起。前一夜，也就是平安夜，您也许陪着父母和奶奶去做了午夜弥撒，以此讨长辈们欢心。现在，全家人同桌享用圣诞大餐，值班手机（有些公司有专门的值班电话）静静地躺在您身后的餐边柜上，您暗自祈祷电话不要响。您的家人清楚，您随时可能离开，但谁都不愿去想象这种可能性：在这个美好的家庭节日里抛下家人，甚至连团圆饭都没吃完就要提前离开，这对所有人来说都是难以置信、无法接受的事情。

好了，现在午宴已结束，一家人喝着咖啡。大约下午3点的时候，一直担心的事情发生了，餐边柜上的手机响了。您烦躁地走过去，拿起手机，看到屏幕上显示出一个陌生号码，唉！

您按键接听:"这里是殡葬公司,您请讲。"

"您好,我致电是因为[……]。"

您一边听着电话,一边仔细记录死者的姓名、住址以及联系人电话,以备在必要时打过去。接下来,您得回趟公司,开着那辆遗体接运车前往死者家中。所以您向家人道歉,说要中途离开一会儿,在他们充满疑问的注视下穿上外套,也不敢披露过多细节,以免惊吓到他们。

大约半小时后,您出现在死者家门口,和在公司与您会合的担架员一起。医疗急救队已经离开,消防急救人员也已把整理完的器械搬回了他们的急救车。车长朝您走来。一想到他将要对您说的话,您就不自觉地紧张起来。然后,您随他一起进入死者家中,从厨房隐约传来家属的哭泣声。

屋内,圣诞树上的彩灯还在闪烁,拆下的包装纸还扔在圣诞树下,客厅餐桌上杯盘狼藉,家属们沉默不语,其中几个红着眼睛,眼泪在眼中打转,用怨恨的眼神盯着您。地上,在消防员好心盖上的一条一次性白色床单下面躺着一具尸体。

消防急救车的车长会告诉您,这家的爷爷在用餐时被一块肉噎住,导致窒息,后又引发心脏骤停,最终死亡。他还会把医疗急救队的医生开好的死亡证明转交到您的手中。

接下来,您在紧张的氛围中把遗体搬上殡仪车,顶着现场家属痛苦的嘶喊和眼泪,找到惊吓不已的遗孀签了几份文件。然后,您情绪低落地开车回转殡仪馆。抬担架的同事在您旁边坐下来,一言不发,您亦如此。

您建议家属次日一早到事务所找您,一来避免在这个节庆的日子里加重他们的痛苦,二来也给他们些时间,相互依靠,消化噩耗。他们接受了您的建议。在殡仪馆，您把尸体放入冷藏室，向属地市政厅传真了一两份文件，与同事一起喝了两三杯咖啡。此时的您不知道自己是否还有勇气回家面对一直在等您的亲人，您不想面对他们一连串的询问，不想让自己的坏心情糟蹋家人们温馨的傍晚时光。但您还是回家了，好像什么都没发生一样，因为见鬼，今天毕竟是圣诞节啊！

在此，我要向在即将到来的圣诞节值班的各行各业的人士致以慰问，并祝所有人圣诞快乐！

方奇和蒂·让的故事

在布列塔尼的一个小村庄里住着一对从儿时玩到老的朋友，方奇和蒂·让。他们的妻子都已去世。多年来的独居生活让两人在生活中相互依靠，友谊不断加深。他们几乎形影不离：每日起床后，简单地洗漱，快速填饱肚子，就急着赶去和老伙计碰头，一同在位于阿摩尔滨海省的这处他们生活已久的地方散步遛弯。

因为二人虽然年事已高，但都无法容忍整日无所事事、虚度时光。他们总凑在一起做点零工，一展所长。能继续发挥余热让他们很快乐，随时准备向他人施以援手。

黎明时分，经常能看到方奇和蒂·让驾着小船，冲破晨雾从海上归来。倘使渔获颇丰，他们就会把多出来的分送给这一带的老人。

方奇和蒂·让很幸福，他们只会对彼此谈起各自心爱的妻子，并隐约提及自己与爱侣重聚的日子。

该来的还是来了。一个令人悲伤的早晨，方奇没能等来他的朋友。于是他朝蒂·让家走去，轻轻敲了敲门，无人应答。他立即给急救队打了电话，并通知蒂·让的儿子家中可能发生了不幸。

敲门、叫门均无人应答，急救队员决定把门撞开。进屋后，他们发现蒂·让坐在那里,面前摊着报纸,离他不远的地方摆着一杯喝了一半的咖啡,桌子上还有些残留的面包屑。老人耷拉着下巴,好像不小心睡过去的样子,但心脏已停止跳动。

作为一个真正的布列塔尼人,方奇承受着这一沉重的打击。他从小就接触到这一地区的死亡文化。虽然没有读过勒布拉兹[1]的作品,但是他知道,定是死神安古(Ankou)在黎明的时候驾着大车带走了他的这位挚友,他似乎还听到了辚辚的车轮声。但他未向任何人提及这些不可说的事。他帮助蒂·让的家人安排后事,挑选棺材,去教堂帮助神父筹备葬礼。

在筹备葬礼的这段时间里,方奇尽可能让自己忙碌着。葬礼这天,方奇坐在教堂第一排留给死者家属的位子上。蒂·让的儿子坚持让他坐在这里。

弥撒顺利结束了。全村的人都来了,周边村庄也派来了代表。有如此多的人前来悼念,主要是因为蒂·让的为人令人敬佩。他总是和老朋友方奇一起,提着工具箱,说着玩笑话,出乎意料地出现在人们需要他们的地方。所以,整个地区的人都认识他,而且对他充满好感。

接下来是最后的告别。所有亲朋好友起立,轮流走到棺材前为死者祷告,同死者道别。轮到方奇的时候,他站起来,但动作似乎有些犹豫,突然间,他脸色惨白,倒在了地上。

周围的人连忙跑过去将他扶起。殡葬司仪分开众人,把方奇扶到椅子上,然后打电话叫了医疗急救车。此时,方奇好像有些清醒了。他请大家不用管他,继续进行葬礼,他先留在这里,稍

---

[1] Anatole Le Braz(1859—1926),法国作家、诗人,布列塔尼民间故事搜集、整理者,尤其编撰了《死亡传奇》一书。

后再去墓地与大家会合。

送葬队伍抵达墓地。司仪讲了一段令人痛心的悼词，然后，所有人向蒂·让告别。因为来宾众多，所以告别环节时间较长。告别环节结束，蒂·让的棺材被放入墓穴，紧挨着他妻子的棺材。

葬礼结束后，司仪同蒂·让的家人一同离开墓地。大家一致认为，幸好方奇没有来，目睹落葬一定会给他带来难以名状的痛苦……蒂·让的家人准备返回教堂去接方奇，因为他们车子也还都停在教堂门口。另外，想必医疗急救人员这时也已去过教堂了，见到蒂·让的家人时，他们肯定会嘱咐把方奇送回家并让他好好休息。

殡葬师们乘坐灵车离去。路过教堂的时候，他们看到教堂门口聚集着救护车和急救人员。出发前往墓地前，他们曾把方奇扶到祭台后面的小礼拜堂里休息。所以见状，他们决定下车去看一看。

方奇还在那里。而急救人员正在收拾器械，医生正在填写死亡证明。

火辣辣

火葬场的火化工向死者家属介绍了火葬流程。在火化间，有两口棺材，分别放在两条传送带上，每口棺材都正对着一个火化炉，这让火化工有些烦躁。没错，这是忙碌的一天，没错，另一位死者家属20分钟后就会抵达。可同时摆上两口棺材，这种做法还是有些不合理。

他走进火化间，面朝传送带，尽量不看趴在观察室玻璃窗上盯着他的死者家属：他不应表现得好像在征求家属意见，也不能被家属的痛苦干扰。他的工作非常简单，他必须给人留下操作娴熟的好印象。

他慢慢走向操控台，按下了延时启动按钮，然后又走回面向传送带的位置，炼狱之火出现在他的正前方：火化炉的门向上升起，机械手把棺材推进炉膛，炉门即刻关闭。火化工向火化炉方向鞠了一躬，然后便离开火化间，来见家属。

"各位，火化已结束。"

"结束了？"死者家属好奇地问。

"呃，是啊，X夫人的棺材已经送进火化炉了，并且……"

"不对啊，她的棺材还在那里啊。刚刚我们还在想，您为什么不把棺材送进炉里。您不是搞错棺材了吧？"

弗朗索瓦

在这个位于布列塔尼乡村的家族式殡葬企业里,所有的工作都平静、有序地进行着。有一点值得注意:这里的殡葬师总能预知接下来是忙还是闲。他们有一位情报员。

有时,他们早上刚到公司,老板娘就会对他们说:"今天有得忙了,弗朗索瓦从5点起就叫个不停。"

结果正如老板娘说的那样,这天所有人都忙得团团转。老板娘口中的"弗朗索瓦"是一只大乌鸦,但已没人记得为何给它起这个名字。大部分时间,弗朗索瓦都在忙它自己的事情,但有时候,它会无缘无故地在空中飞出一道巨大的弧线,然后落在事务所的屋顶上,朝着布列塔尼细雨中灰蒙蒙、湿漉漉的天空——甚至有时天气晴朗的时候它也这样——哀嚎几声。

殡葬师们都知道这意味着什么:半个小时后,将会有悲痛的死者家属来到事务所,订购殡葬服务。

在所有电话通知、所有预言,甚至人还没死之前。

人们也曾认为这只是巧合,但有些解释不通的事情。弗朗索瓦只在有人去世的时候才会在房顶上叫,其余时间,它到处闲逛,没人知道它去哪里。弗朗索瓦就这样坚持了好多年,从无差池。

一天早晨，弗朗索瓦再没出现。事务所的各项工作照常进行，甚至可以生意兴旺。但在死者家属到来之前，殡葬师们再也听不到报信的鸦噪了。

可能弗朗索瓦决定退休，去了更温暖的国度；也可能它已经死了，死前没能发出预示它死亡的叫声；又或许，因为我们在布列塔尼，死神安古厌倦了孤单，所以驾着大车把这个既可以当宠物又可以当他个人助理的弗朗索瓦带走了。

没人质疑这个故事的真实性，也没人研究这一现象，或向媒体爆料。在死神安古、白夫人和死亡洗衣女工的国度，乌鸦报丧估计也只是常规而已。

政治不正确

时下的论调是有法德轴心在,第三次世界大战就不会发生。但谁也不知道,我们曾与灾难擦肩而过。

故事发生在坎佩尔主教教堂。当时,教堂内正在举行葬礼。

一切都按传统流程进行着。殡葬司仪之前接待死者家属时,他们提出了在菲尼斯泰尔省这个省会城市的主教教堂举办葬礼的愿望。按照他们的要求,司仪完成了准备。由于人手严重不足,他请求调派三位布列斯特的同事前往坎佩尔协助工作。葬礼当天,我们赶往坎佩尔,中途在一家温馨的小餐馆吃了午饭。这一天阳光明媚,可谓一个美好的春日。饭后,我们前往约定会面的殡仪馆,位于坎佩尔市中心一条不起眼的小路上。在那里,我们与当地同事会合,在热忱的问候和引见之后,我们便开始了工作:先将遗体入殓,随后将灵柩运往那座富丽堂皇的教堂。

坎佩尔主教教堂雄伟壮观。它坐落在坎佩尔市中心,前面是一个块石铺面的广场,人流密集。如果有一天,您有机会来这个地区旅游,坎佩尔主教教堂真的值得一看。

葬礼司仪是当地人,为人和善。他让我们待在教堂里面,并向我们解释:"你们会看到我们遇到了怎样的难题。"

我们看到了司仪所指的难题,简直不敢相信自己的眼睛。

这个难题差不多得有一百公斤。稀疏的浅金色的头发裹着一张被酒糟鼻主宰的面孔，敞着的花衬衫紧紧包着他肥大的肚子，从中露出胸毛。一条宽松的亮色短裤下，他的腿却如同两根消瘦无力的白色棍子。男子的妻子穿得跟他一样，短裤下是挂满橘皮纹的双腿。他们还有两个孩子，一个女儿，一个儿子，差不多十岁左右的样子，玩着他们这个年纪喜欢的游戏，在教堂立柱后面喧闹地捉着迷藏。

着装不整的游客漫不经心地走在教堂中央的过道上，在抓摄两张照片的间隙，他大声呼唤自己的妻子，指给她看这座或那座雕像。在他前面十多米的地方正坐着死者家属，而死者则躺在祭台下面那口显眼的棺材里。但是这些似乎并未给这位游客带来困扰。

我向教堂中殿走去，想要告诉他，要么自觉离开，要么就被我踹出教堂。司仪拦住了我。他给我指了指眼前的情况：教堂里到处都是这样的游客，就好像麻风病院住院病人身上密密麻麻的色斑。他做了个手势，示意我们集合，并向负责遗体搬运的殡葬师分配了任务：把住教堂入口，阻止"增援"的游客进入。而我们这些有司仪资格的殡葬师被认为（注意，是"被认为"）更懂外交话术，我们的任务是果断又不失礼貌地把现有游客请出去。

"记住，一定要注意礼貌，不能动粗。"我的同事强调。

我反驳道："当然，你把我当什么人了！"

"把你当人啊。所以，一定要克制。"他回答。

我们从教堂最里面开始，然后是侧殿、回廊。我甚至还在后殿拦下了一些游客。我用力把一名正朝祭坛走去的摄影爱好者推了出去。把耳堂清空之后，我们沿着侧廊向前扫，同时检查大殿以及延伸到门廊的整片区域。几分钟以来,我发觉的确有必要反复默念"注意礼貌,不能动粗,注意礼貌,不能动粗"。

这些被我们及时"赶"出去的人可以分为两种。一种摆出一副吃惊和尴尬的样子:"有人死了,真的吗?实在抱歉。那我什么时间可以回来参观?"这些话本来还能骗骗人,假如那些现实没有正好就在他们眼皮底下的话:悲痛且努力保持体面、尽量无视他们干扰的死者家属,被鲜花包围的棺材,以及正在主持葬礼的神父。当地同事后来向我解释,他们和神父们有种约定:神父让殡葬师们维持秩序,以免干扰家属哀悼,或在葬礼仪式中引发冲突。

因为比起这种睁眼说瞎话、把我们当白痴的游客,第二种人更糟糕。

他们说话普遍带日耳曼口音,对作为游客竟在这公共建筑内遭受如此待遇大为不满:"先生,我了解1905年法国政教分离法!"一些人还会说"我并不觉得打扰到他们了",并断言如今的法国已经没落了。

教堂里的游客都被清空了。我们赶出了三十多个游客,守在教堂入口的同事则回绝了六十多人的参观请求。在听完我们的解释并得知最多一个小时后教堂就可以重新开放参观,不少游客都表示理解,可即便如此,还是不乏抱怨我们竟在旅游景点举办葬礼的人。那只能说句抱歉了,我们是在自己的国家。

葬礼结束后,我到教堂外抽了根烟。忙了一整天,的确该抽一根了。在那里,我看到了故事开头提到的那个德国人。他情绪激动地对着我们的一位搬运工同事骂骂咧咧。此时,我能够感觉到同事的手有些痒,拳头已经攥紧,露出了青筋,随时可能抡向这个德国人的脑袋。我赶紧站到他们中间去。这位游客不停地对法国说三道四，声称法国已经没落，法国人散漫无组织，当然还援引了1905年政教分离法，扬言要去市政厅、外交部和总统那里投诉我们。此时，他的妻子和孩子站在他正后方后一步远的位置，对他说出的每一句话都点头表示认同。

"注意礼貌，不能动粗，注意礼貌，不能动粗。"我不断默念这句话，但我感觉自己的拳头就要按捺不住了。

这个无礼的游客真是铁了心要毁掉我们这一天。

突然，我被人推开了。是我的搬运工同事。通常心平气和、理智有礼的他，竟一把抓住了德国人的衣领。他涨红着脸，瞪着德国人的眼睛，用德语冲他大喊一通。我站在一旁，随时准备在他挥动拳头前上前阻拦，并把他拉到一旁去冷静冷静。

最终，他松了手，放开了这个德国人。

德国人吓呆了。谩骂引来众人驻足围观。在这么多人面前，他羞红了脸，低下头，什么也没说，默默转身离开，他的家人跟在他后面。

等这家人走远，我感觉同事应该已经冷静下来了——我一直在默默观察他——便对他说："我不懂德语。"

他回答："我只是告诉他，1870年，我曾祖父杀过德国人；1914年，我爷爷杀过德国人；1945年，我爹杀过德国人。而且，我认为延续家族传统很重要，要一直延续到德国人牢牢记住自己已经战败。"

我不知道该说些什么。我思考了一秒钟，对他说："你，果断，不失礼貌，解决方法有效。更重要的是，你没有动粗。做得非常好。"

先入之见

当我介绍自己在殡仪馆的工作或者提及自己在事故现场拾捡遇难者尸块的经历时，经常会听到这样的评论："是吗？我一直以为这些是消防急救员的工作。"

其实上述内容均属于我们殡葬师的工作范畴。首先，消防急救员不与死者打交道。如果看到他们运送尸体，那我定会产生挫败感。处理死亡事件并不是什么值得炫耀的事情。所以，一拿到医生出具的死亡证明，消防急救员会在第一时间迅速离开。

另外，他们无权运送死者。当然，存在一种例外，他们的急救对象死在途中。但即便遇到此种情况，若要严格按照法律的要求，他们也应停车，立刻给殡仪馆打电话，待殡葬师抵达后，把死者从他们的急救卡车搬到遗体接运车上。有些车是专门给活着的人用的，而有些车是专门为死者准备的。有时，我会听到这种说法："我们那里是消防急救员处理尸体。"这简直大错特错！您可以想一想：您愿意躺在放置过尸体的担架上吗？而且很有可能是一具高度腐烂的尸体……总之，每个人都有自己的职业，每个职业也都有它的救护对象……

欣喜

曾有那么一天，我成了业界名人。事情是这样的：

有位死者的家属来到我们事务所。我起身接待，把他们让到办公室，确定了葬礼的各项安排，包括教堂、墓地等种种细节。这些都安排妥当之后，我们着手起草讣告。

我跟您说了这是一个虔诚的天主教徒家庭吗？那我现在告诉您，这个家庭非常虔诚。

我们列出了一份非常详尽的家庭成员名单，包含近亲和关系没有那么近的一些亲戚，一个不落。然后我们进入正题。

"'某某某的家人'……怎么说来着？"死者的儿子问我。

"'遗憾地告知您''悲伤地通知您''怀着沉痛的心情通知您'……"我趁机加入一句我喜欢的殡葬措辞，"甚至'欣喜地通知您，蒙主恩召'……"

一字不差，这句话就是这样说的。这挺合逻辑：虔诚的基督徒看到亲人去世就是会感到欣喜，因为按照圣经里复活的承诺，去世之人从此就可以坐到天主身边。但事实上，现在就算是那些最虔诚的践行者也认为这种说辞过于老套，不再提了。

我之所以在撰写讣告的时候提到这个说法，是为了让家属们稍微放松下紧绷的神经。从他们进来到现在，已经过去一个半小时了,这段时间我们一直待在办公室里,一直谈论着一位亲人的葬礼,这个时候说句让人感到意外的话可以分散一下家属的注意力,让他们关注下其他的事情,不至于让气氛过于沉闷。这是一个非常有效的调节气氛的小技巧。只是我没想到,这天,家属们竟一致回答"就要这个!"。

这多少让我感到意外。于是,我又重复了好几次,而每一次家属都表示赞同。

出于对自己的保护,我起草好讣告后让遗孀和三个孩子在定稿上签了字。我得给自己留后路。

然后,我把讣告传真给了报社。我静静地坐在办公室,开始准备其他文件。电话铃响了,我立刻接起电话。这个来电号码我熟悉。

"我正在等您电话。"我对讣告编辑室的女孩说。

"呃,您好!我们收到了一份讣告,但是内容有些奇怪。"

"我知道,这份讣告是我写的。"

"可是……可是……是家属要写成这样的吗?"

"是的,他们签字了。"

"呃……他们真的想发这样的讣告吗?"

"是的,我同死者家属确认过了。如果我没记错的话,我确认了七次。"

"我不确定我们能登这个……"

"讣告里没有任何有违公序良俗或者不合法的内容。"

"确实没有不合法的内容,但是这个措辞……"

"措辞完全正确。您看定稿,上面有签字,还有订单凭据,而且还写了我的名字。总之,就这么刊登吧,我保证没问题。"

"好吧。那就明天见报?"

接下来的对话就是例行公事了,核对死者姓名拼写之类的。

当天我回到家,睡得像个婴儿:平均两小时醒来一次。

第二天,当电话线路重新转回我们办公室(夜里的来电会转移到值班电话上),第一个电话就是找我的。当然也没指名道姓。某些在公司偏远分部工作的同事耐心读完了整版讣告,打来电话问"是谁写的?谁干的?"然后他们再给其他人打电话,有意无意地提一句"你知道纪尧姆他发了什么吗?"结果这一整天,我接到了很多平时不怎么联系的同事的电话,为了搭话找了些无关紧要的理由。

这是我大名远扬的一天。

有时,一点小事就会让人感到开心满足。

这份讣告如下:

妻某某某

子、媳某某某、某某某

女、婿某某某、某某某

孙、外孙,及曾孙

兄、嫂某某某、某某某

侄、侄女,所有亲朋好友

[……]

欣喜地通知您,蒙主恩召,某某某先生业已安息主怀。

下略。

毁于一旦

故事发生在布列塔尼的一处小墓地。时值严冬，树叶已落尽，暗淡凄冷的树影悲凉地掩映着一小撮人，他们围着一口摆在纤弱支架上的深色橡木棺材，排成半圆，正在默哀。他们非常悲痛，但依然保持着克制，没有一声呜咽打破墓地的沉寂，只有一双双泛红的眼睛表露了他们此刻心中无法化解的哀伤。殡葬师站在家属后方稍远的位置，他们尽量避免发出声响，给这家人留出充分的私密空间。

突然，一首乡村爵士乐打破了宁静。所有人先是愣住，然后都本能地把手伸进口袋去确认是不是自己的手机响了。最后，一个因悲伤哭红了眼睛的男孩掏出手机，涨红了脸，用嘶哑的声音接起电话："喂？好，好？……嗯，现在不行，我正在参加爷爷的葬礼。"

敞开的窗户

法国人对天气有一种狂热,这不仅让他们知道第二天该穿什么衣服,还可以缓解聊天中无话可说的尴尬。

人们有时会问,去世的人数是否受气候或者气象状况的影响。很显然,有影响。当然,此处我们谈论的不是引发洪涝的大暴雨。通常在这种情况下,被洪水卷走的地主在人世间最后的怨念会是"为什么政府不作为?"。我们所说的是气温的骤升或者突降。剧烈的气温变化导致许多健康本就堪忧的人情况更糟,以致很快,医生就只能把他们移交由殡葬师处理了。

另外还有季节性的自杀潮。您可能会说:"这很正常。冬天如此寒冷,如此压抑,那些对单调的生活再也提不起兴趣的人的确会想了结自己的生命。"那您可就错了!冬天自杀人数确实多,但并不比夏天更多。事实上,两大自杀高发季节分别是秋季——没错,同样令人压抑——和春季。没错,春季。

上述观点并无详细、可靠的数据支持,纯属个人直觉。

另外,死亡与非气候因素之间也有一定的相关性。当有一些有趣的活动时,死的人往往会少很多。

我也不知道是否可以把这一经验当真,但我曾遇见几个前辈,他们信誓旦旦地告诉我,1998年,当艾梅·雅凯率领的法国男足有很大希望打入世界杯决赛的时候,殡葬师们基本都处于无活可干的状态。就好像死神也放下工作,去了小酒馆,坐在桌边,喝着啤酒,同身旁愿意听它讲话的人说它想看到法国队夺取世界杯!

当我将信将疑,天真地问他们过了多久才来活,他们回答:"没等多久!决赛当晚就来了!终场哨声吹响三秒钟后,就开始忙了。"

"当时有一个家伙……"一位前辈开始了他的讲述。

我兴奋起来,有故事听了!这才像话嘛,让事实说话。

前辈口中的这个家伙和几个朋友在家中看比赛。他们喝了很多。齐达内每进一球,他就多喝一点。当佩蒂特再进一球,给了巴西队致命一击,他兴奋得像个原始人一样尖叫,并围着沙发跑。终场哨声吹响时,他激动得跳了起来,在与朋友做人浪的时候竟想做三个连续的后空翻,结果,他翻着翻着就翻出了窗外。

他家在八楼。

这是法国队夺冠之夜殡葬师受理的第一个死者,也是死亡原因最蠢的那个。这天夜里,当值的殡葬师们很是忙碌,甚至连喝咖啡的时间都没有。

卫星电视

警察局打来电话,要求派殡葬师前往现场。电话里,殡葬师一直试图从值班警员那里获取更多信息。然而,除了地址,他一无所获。

为防万一,三名殡葬师被派往现场。

抵达后,他们当即明白了等待他们的任务。

死亡现场位于一栋"有人情味"的四层廉租房内,楼房前有块草坪。在四楼,也就是最高一层,有一排窗户打开着。两位警察在草坪上等我们,其中一位扬起下巴点了点,意思尸体在那里。

还有一位警察戴着口罩在楼梯平台上等着——他不傻,他等在死者家楼下那层的平台上。确实,殡葬师们到楼下时才摇下车窗,尸体腐烂的气味就飘了进来。

情况很简单:一名男性死者,死了大约三至四周,而这是个偏暖的春天。死者体重约140公斤,但其中五分之一的重量已经以体液和尸油的形式流出,流得客厅里满地都是。殡葬师们上来时几乎赤手空拳,除了消毒净化喷雾什么都没带。

他们朝屋内喷了三罐消毒喷雾,然后下楼抽烟,静等喷雾起作用。楼下,两位警察正在调戏他们的年轻同事,这是他第一次见到腐烂的尸体，闻到如此浓郁的腐臭味。

两位殡葬师一边抽烟一边闲聊，另一位用酒精给他的鞋子消毒。十分钟过去，该穿戴装备了。

他们各自套上一次性白色连帽连体防护服，戴好口罩，戴上塑料鞋套和乳胶手套，在乳胶手套外面又套上一层厚厚的橡胶手套。穿戴完毕，他们浑身上下只剩了眼睛还暴露在外面。

他们来到楼上。

商量之后，三人决定用两个裹尸袋。第一个是防护性白色裹尸袋，材质略薄，用于包裹尸体并保护殡葬师在处理过程中不至于搞得太脏。然后再把它拖入第二个裹尸袋，这个袋子是黑色的，厚塑料材质，正式名称叫"移尸袋"，通常用来装殓腐烂且有许多体液流出的尸体。他们先将黑色裹尸袋打开，放在公寓门口的走廊上，然后进屋，把尸体放入白色裹尸袋，再把白色裹尸袋放进黑色裹尸袋。

把袋子在担架上紧紧扎牢后，他们抬着担架下楼。一个人走在前面，负责抬脚——下楼时他要把担架托住，另外两人负责抬头部一侧。他们手提肩扛，中途也不休息，一口气下了四层楼，迫不及待地想把这位客户放入密封冰柜，好早点脱下身上恶臭的衣服全部扔进垃圾桶。从楼栋出来的时候，他们碰到了一位住户。小个子男人站在门边让殡葬师先走，手里提着一袋食物。

三个满头大汗的殡葬师，身穿污迹点点的白色防护服，沾了可疑液体的蓝色手套反着光，戴着仿佛出自哪部细菌战灾难片的口罩，抬着不锈钢管制成的担架，上面还摆着一个裹尸袋模样的黑色大袋子，这幅画面似乎并没有让这位邻居感到害怕与不安。

"这是谁？"他扬起下巴，指指黑袋子，问其中一位殡葬师。

殡葬师们不知该如何回答,于是看了看身边的警察。

"四楼左侧那户。"领头的警察回答。

"是吗?"

小个子男子抬起头,望了望敞开的窗户。

"我不认识他。他大概是这栋楼里今年死的第四个人了。"

一位殡葬师忍不住了:"您就没想过换个地方住?"

"那倒没有!"男子回答,"这里很不错。干净,还能看卫星电视。"

说完,他便若无其事地上楼回家了。

即将失业

死者家属来我们事务所的时候已是晚上,距离下班只剩了十分钟。刚刚失去丈夫的小老太太对此十分抱歉。

"真是对不住,先生,这么晚才来。但毕竟我们得把其他事情安排好才能过来。我们得去市政厅申报死亡,预订教堂,约见神父,起草讣告交给报社,还要告知所有亲友葬礼将在后天举行。我们一整天都在忙活这些事情。"

殡葬师不忍心告诉她,这些工作若委托第三方机构,也就是殡葬事务所来处理的话,最多半小时就能搞定,而且也不会多花钱。

何为智者?

死者是位穆斯林。被发现时,他已经死了两周了。这是个信奉享乐主义的单身汉。他的父母、家人时常抱怨他那些不遵守教义的行为,也习惯了他长时间不跟家里联系。

两周的时间,已经够久了,特别是在闷热潮湿的夏天,尸体状况可想而知。我们把它装进厚袋子放入冷藏柜,等待入殓。

死者家属前来处理丧事。他们决定把死者葬在当地的一处穆斯林墓地。所有安排都很顺利,直到家属提出,要由他们的伊玛目来为死者施行净礼。殡葬师试图向家属解释,尸体状态已经不宜进行这一操作。听闻此言,家属反应异常激烈,就算是殡葬师对死者母亲出言不逊,恐怕他们的反应也不过如此。

家属坚持要施行净礼,殡葬师只能联系伊玛目。他寄希望于伊玛目的睿智,想通过他说服家属取消净礼。他打电话给这位信仰的化身,解释当前的状况,结果他遭受了一天之内的第二次暴击。智者吼着告诉他,在真主面前,穆民必须是洁净的。

殡葬师只好让步,同伊玛目确定了净礼的日期和具体时间。

净礼那天,伊玛目准时抵达。殡葬师把尸体处理间让给伊玛目。遗体放在封好的尸袋内,摆放在操作台上。因为曾被冷藏,所以腐臭味被暂时抑制住了,仅仅对眼睛有些刺激。

伊玛目消了气，坚持向殡葬师详细介绍什么是净礼，并强调了这一礼节对于穆民的重要性。他强调，非信徒没有资格对此进行评判，先知，凭借其智慧，已经向他们解释了如此做的理由……他讲了一大串话，花了大概近一刻钟的时间。最后，他好似原谅了殡葬师此前的过错一般，宽宏大量地对他说："行啦，我认为您已经接受了教训。"

殡葬师点了点头。

伊玛目进入尸体处理间，开始祷告。

这时，殡葬师的一位同事向他走来，凑到他耳边小声说："如果我是你，我绝对不同意这样做，我……"

他的话被殡葬师脸上突然出现的笑容打断了，只见他直勾勾地盯着尸体处理间的门。

两分钟后，伊玛目走了出来，殡葬师的笑意更明显了。

伊玛目嘴里嘟嘟哝哝："智慧的先知也不能顾一切周全。他一定会同意，有些时候，放弃才是明智的。"

专车之旅

家属遵照死者遗愿，要求殡葬事务所把遗体运送到他远在葡萄牙的家乡。死者的父母尚居住在那里，家族中的先辈也都安葬在那里。一次稀松平常的任务，没什么特别的。开车的是一位专门从事远距离送葬服务的殡葬师。他收拾完行李，拥抱了妻子和孩子，就出发上路了。他很开心能够借着出差的机会去趟葡萄牙。

凌晨，他来到殡仪馆，进入灵柩存放室，找到上面摆放着葡萄牙国旗的那口棺材，把棺材装上车就启程了。此时是凌晨3点，一路通畅，他比预计时间提早了45分钟抵达西班牙边境。海关工作人员在他的证件上盖章放行，随后他继续朝葡萄牙方向行驶。车上就他一人，开哪条路都是他说了算。此前因假期或工作，他已经去过葡萄牙很多次，对这一地区很熟悉，葡萄牙风光让他百看不厌。

当晚，他在一家曾多次下榻的小旅社住了一夜。第二天午后，他从一条他熟悉且无边防检查的小路进入了葡萄牙。他早就计划好直接到他要去的镇上办理相关入境手续，这完全合法。毕竟，在封棺时，法国警察检查过棺材，通过边境时，法国和西班牙海关人员也检查了棺材，而且他也拿到了葡萄牙领事馆发放的入境许可证。

在距离目的地只有几公里的地方,殡葬师停下车,整理了自己的着装,洗了下灵车。他认为,就算行驶了两千公里,也不能让家属感到他邋里邋遢。

整理完毕,他抵达了目的地。

目的地是一幢小巧精致的白色房子。停车时,他看到一个男人从房子里出来,并向他这个方向跑来。

"您可终于来了!"

"是的,我提前些到了。"

"没错!但问题是,您送错了棺材!"

"什么?可是我……"

"没什么可是,不是这口棺材!您的确搞错了。所有人都在到处找您呢!"

查看后,殡葬师终于意识到自己送来的是一位老奶奶的棺材,她的葬礼原定于前一天傍晚在其家乡诺曼底的教堂举行。

两天前,在位于布列塔尼的殡仪馆,晚8点30分

殡葬师从无棺接运车(用于运送尚未入棺盛殓的尸体)上下来,一边歪头指指车上的遗体,一边对身边同事说:"这里由我来处理吧。你能不能帮我把这些文件放到需要运去葡萄牙的那口棺材上?我怕我一会儿忘记。"

同事点了点头,拿过文件朝灵柩存放室走去。里面有两口棺材:靠门的棺材里躺着老奶奶,里面那口是葡萄牙男子,他的棺材上仿佛还扔着块皱皱巴巴的织物。

"天啊！"这位同事惊呼一声，顺手把文件放到了身边的棺材上，然后朝里面这口棺材冲了过去。

他嘴里嘟哝着："这些年轻人整天都在想些什么？到了葡萄牙，人家看到这个，会怎么想我们？"

葡萄牙人可能会想："总算明白为什么我们那么多的小伙要去法国给他们造房子了！瞧瞧，法国人连一面国旗都叠不好！"但应该不会，毕竟葡萄牙人还是仁慈的。看着眼前被叠得乱七八糟的葡萄牙国旗，他们只会无奈地叹息一声。

我们这位殡葬师拿起葡萄牙国旗，把它摊开，重新叠好。就在这时，挂在门边的电话响了，就在诺曼底老奶奶棺材上方。殡葬师赶忙过去拿起听筒，顺手把叠好的国旗放在了刚刚那些文件旁边，也就是老奶奶的棺材上面："警方征调？马上？在哪里？好的，我们10分钟就到。"挂上电话，他就奔了出去。

次日，负责运送葡籍死者的殡葬师看到了文件和国旗，睡眼惺忪地就把文件和国旗下的这口棺材装车了，可怜里面那口急于回到葡萄牙炽热阳光下的棺材，他经过时完全没想到再去看一眼、确认一下。

一天前，下午2点

边境检查站的电话响了：全体警戒，有辆灵车运送的死者有误，注意拦截，阻止过境。

来接运诺曼底老奶奶的司机在搬动棺材时惊讶地发现，老奶奶不仅有个葡萄牙人的姓氏，而且还有个男人的名字。这位司机，他既没有占卜师的洞察力，也没有福尔摩斯的敏锐。他只是看了看棺材上的死者名牌，并没多想。

西班牙的边检人员刚刚换班交接，新上岗的工作人员接到电话时还觉得有趣，一上班就碰到这种稀奇事，直到他们检查过同事留下的工作日志。

"该死！"边检站长大叫，"通知警察，叫他们去追，那辆车已经入境了。"

但是，西班牙很大，警察们只顾在主干道上排查，却没料到殡葬师偏偏走了小路，玩起了自驾游。

葡萄牙海关也接到了通知，他们一直在西葡边界守候，但最终也没看到灵车出现。

后记

发现棺材搞错后，事务所没等第一辆车返回便即刻派出了另一辆灵车。这位不幸的葡萄牙人比计划时间晚了三天才回到他日思夜想的祖国，终于被葬在自己的家乡。诺曼底老奶奶也等了三天才被葬入家族墓穴，与丈夫团聚。

若未来您有机会来我们殡葬事务所所在的这个布列塔尼小城旅游，并且恰巧，您习惯早起，您很可能会在路上碰到一位阴沉着脸的清洁工人。为了您的心情和安全，我建议您不要跟他讲葡萄牙语，也不要提及他昔日里从事的遗体接运工作，这些很可能会让他情绪失控。

瞧见没？

殡葬师们时常忍受着各种各样的指责、投诉、抱怨及不满，其中有些是针对遗体保存的。

有件事是死者家属很难理解的：遗体修容师完全不认识死者，所以通常情况下，他们的工作是"盲目"的。他们手中没有任何照片或者其他可以辅助他们修复死者容貌的物品。试想，刚刚痛失亲人的家属来到殡葬事务所时哪还顾得上这么细小的事情？

我记得一个故事，每每想起它，都会觉得自己真是个天才。

当时，家属一直在发牢骚、抱怨，甚至诋毁所有能跟殡葬师扯上关系的事情。这一天是遗体修容师第四次去死者家了。由于担心家属出现过激反应，修容师请求我陪他一同前往。他手中有死者的二十几张照片，但还是无法将死者修容装扮成家属满意的样子。不管他怎么做，家属都说这不像他们逝去的至亲。同事开始第五次给死者调整发型。我环顾房间，房间里摆着一些书、一台电视和一个敞开着的带文件格的写字台。

我走到写字台前，不经意间发现了一样东西，而直觉告诉我，这就是问题的关键。

我拿起它，递给修容师。

"试试这个。"

"你觉得是这个原因?"

"我打赌,准能行。"

我们把家属请进来。最先看到遗体的是死者的长子,他立刻喊了声"爸爸!"。

家属们长出了口气,欣喜不已,他们终于可以在至亲的遗体前为他默哀了。

这时,遗孀转身对我们说:"之前,我们也没想到问题竟出在这里。我们从没见过我丈夫不戴它的样子,从起床一直到再睡下,他整天都戴着它。我丈夫爱美,所以在拍照时,也仅仅是在拍照时,他才会把它,这副眼镜,给摘下来。"

职业风险

殡葬师握着自己的手机,神情惊慌。他刚刚发现,手机里储存的墓地照片比自己孩子的照片还多。

五分钟见分晓

他一阵风似的从我们面前跑过去,冲进了更衣室。

这位年轻人今天第一天上班。他来的时候仰着头,趾高气昂地笑着。在他眼里,我们这些人都是偶然进入到殡葬行业,而他则是天选之子,肩负使命。他把整部《六尺之下》看完了,还会一遍一遍反复回看《犯罪现场调查》,以及其他能找到片源的悬疑剧集里的尸检片段,他甚至还上YouTube看过那些最惊悚、最恶心的视频。

他告诉我们:"殡葬就是我的使命。"

言外之意:"我什么都懂,我肯定比你们这些可怜的平庸之辈做得好。"

我们向他示范如何组装棺材、如何安装把手、如何摆放棺用软垫和宗教圣物、如何雕刻死者名牌、如何查阅死者信息表……但是,很显然,他并不把这些"无关紧要"的工作看在眼里。在他脑海中,他是大师级的殡葬师,而上述这些日常工作都该由我们这些平庸之人来做。

我们打发他去观摩遗体防腐处理。这是我们这行不可或缺的基本知识。向死者家属介绍遗体防腐是殡葬师必备技能。

况且,遗体防腐处理还有另外一项独到的功能:快速筛选真正热爱、向往这个行业的人。例如,这个男孩进入遗体防腐工作间之后……

"不到五分钟他就出来了。"同事对我说。

"坦白讲,我原以为他能坚持更久。他有一副自己比别人强、自以为很了不起的样子。"我有些失望。

"是的,但不管怎么说,他不到五分钟就出来了。你输了,记得,你欠我一杯咖啡。"同事说。

"走吧,现在就去喝咖啡。但是,赌局到此为止,我再也不在这些所谓肩负使命的年轻人身上下赌注了。这一周,我已经输了三次了。"

不可告人的爱好

葬礼刚刚开始，一位老太太朝我们走来。通常，我们把棺材搬进教堂之后就会到教堂外等候。这样，我们不仅可以呼吸新鲜空气，还可以讨论一下接下来的送殡工作。我派了两个搬运工开车先去墓地，查看墓碑是否摆好，然后我转向身旁叫住我的这位老太太，她似乎有事情要问。

"先生，抱歉，请问这是谁的葬礼？"

我告诉她死者的姓名，结果她陷入了无尽的沉思。过了好一会儿，她抬头问："她住在哪里？具体地址您知道吗？"

我告诉她我不知道。我的确不知道，而且，就算我知道，我也不能告诉她，因为以往曾发生过很多趁家属参加葬礼家中无人之机入室盗窃的案件。

老太太又思索了一会儿，说："我应该不认识她。但来都来了，我还是去参加她的葬礼吧。"

我没有任何理由阻拦她参加葬礼，但疑惑之下还是忍不住挑了挑眉毛。已经往教堂里走去的老太太笑着低声对我说："我喜欢葬礼！"

迷失的灵魂

尊敬的经理先生,

您好。我们全家曾在贵殡仪馆为我去往另一个世界的丈夫送行。

我们笃信通灵术,所以当时,我们请来家族的通灵师,以与我亡夫的灵魂进行交流,也确保葬礼上的一切安排都符合亡夫的心愿。

我还漏了一点。当时,我和女儿一走进追悼厅就感到不适,但并不知道这种不适从何而来。

最终,是X先生,也就是我们家族的通灵师,点醒了我们,让我们顿悟。我们之所以感到不适,是因为追悼厅中到处都是曾经来过这里的逝者的亡灵。很多亡灵在贵殡仪馆迷失了,无法去往另一个世界。

在通灵仪式上,我们得以与这些亡灵交谈,它们不知所措,大多怒不可遏。

该为这些迷失的灵魂做些什么了,让它们能最终抵达彼世。请您一定要重视此事,愤怒的灵魂是非常危险的,它们可能引发极端事件。

我恳请您行动起来，解放这些迷失的灵魂！您可以联系一家超心理学机构，或者，若您需要，我们的通灵师也可为您提供帮助。

很庆幸，亡夫很顺利地找到了通往另一个世界的路，他对彼世很熟悉。

最后，我还是要再次强调事情的紧迫性，希望经理先生能够接受我最真诚的建议。

此致

敬礼

X太太

这家殡葬企业负责人为我提供这封来信时隐去了来信者的姓名。他对我说：“我收到这封信已经有三年了。我从来不会对来信置之不理，所以三年来，我一直在想该如何回信。”

他强调，三年来，不管是他还是他的员工都没有遇到任何异常事件。

但是，鬼魂可能需要过一段时间才会发作。毕竟，它们是永恒的，有的是时间。

着装要求

经理先生,

　　贵事务所曾为我父亲举办葬礼。

　　在墓地落葬时,贵事务所员工的站姿让我非常不满。在整个落葬环节,司仪在前面致辞,而其他工作人员在灵车前站成一排,几乎就是立正的姿势。我的父亲是虔诚的和平主义者、自由主义者,也正是因为追求思想自由,他曾拒服兵役。而贵事务所员工的姿势、队形,以及密探一般的深色套装让我想到的是令人作呕的黩武之徒,严重践踏了被你们埋葬入土的这位死者的精神追求。

　　鉴于此,我拒绝向贵事务所支付殡葬费用,特此告知。

X先生

经理回信

X先生,

　　您在来信中对府上老先生的落葬仪式提出意见。请允许我为此做出以下几点解释。

关于您所说的"令人作呕"。对此，请恕我冒昧提醒您，葬礼当天烈日当空，而据我所知，墓地没有遮阳的地方。您的"恶心"很可能是中暑所致。请务必多喝水，注意遮阳。

关于我的团队的仪态问题。工作中，我们努力保持低调，尊重每一位客户，所以我们遵循中性的着装和行事方式。我坚信，倘若我的团队在葬礼上衣冠不整地躺在草坪上喝酒抽烟，那我肯定会收到更多投诉。

顺便，我想请您注意，我说的是"我的团队"，因为我与其他工作人员是一个整体，他们不是什么的"我手下的人""我的员工"。

关于您信中提及的拒绝支付殡葬费用的问题。鉴于您的母亲，即死者的妻子，已到本事务所进行了费用结算，而且为我们团队送来了感谢信和丰厚的小费，我做出如下决定。

为补偿您所承受的损失，我决定向您奉上您个人本应支付的差额，我认为，这笔补偿是公平合理的。

所以，敬请查收附件中金额0欧元的代金券。

希望这封回信能让您满意。

最后，向您致以我诚挚的问候。

经理

倒打一耙

经理先生,

您好,我是上周去世的舒比埃夫人的朋友。

上周,我到二号灵堂来见了她最后一面。从周二早晨一直到周四下午,她的遗体都放在那里,供亲友瞻仰。请允许我坦白地告诉您,贵馆的工作做得非常糟糕!我几乎认不出躺在那里的是可怜的西蒙娜,因此,我要求您给予负责此次遗体准备工作的相关人员一定的处分。

敬礼!

X女士

经理回信

尊敬的女士,

您好。您反馈的问题我已收悉,非常感谢您的来信。

您在信函中提及的负责遗体准备的工作人员，其职业名称是遗体修容师。工作中，他们会依据客户提供信息，竭尽全力对遗体进行修容。我馆的工作人员专业能力强且工作态度认真严谨。

有时，的确会出现遗体难以辨认的情况，这一情况很可能是极小的细节所致，例如发型、不带任何表情的面容，等等。

而您所反映的问题，缘于您对一个细节信息的疏忽：舒比埃夫人的遗体存放在我馆五号灵堂。

敬请接受我诚挚的问候。

经理

您知道吗？

丧事
Deuil

法语中deuil这个名词是由拉丁语dolus（苦楚、忧伤）演变而来。这个词最早出现在10世纪，当时它的书写形式是dol。在不同地区，该词不断演变，后来统一为在œil（眼睛）基础上形成的deuil。该词本义为丧期，在此期间，死者家属需依据传统，通过外在信号（例如，穿戴黑色服饰）来表现他们的痛苦。后来，deuil这个词逐渐被赋予其他含义。其官方定义为"死者去世后，人们进行追悼活动的时期"。而作为比喻，它先被用来指代亲人亡故后家属的失落感，继而还是作为比喻，用于指代丧事本身。

图书在版编目（CIP）数据

笑着告别：法国殡葬师另类回忆录/(法)纪尧姆·巴伊著；李苑菲译. -- 上海：上海文艺出版社，2023
（亲历）
ISBN 978-7-5321-8550-4

Ⅰ.①笑… Ⅱ.①纪… ②李… Ⅲ.①纪实文学－法国－现代 Ⅳ.①I565.55
中国国家版本馆CIP数据核字(2023)第030884号

GUILLAUME BAILLY
Mes sincères condoléances. Les plus belles perles d'enterrement
Copyright© Éditions de l'Opportun, 2015
Published by special arrangement with Les Éditions de l'Opportun in conjunction with their duly appointed agent 2 Seas Literaty Agency and co-agent The Artemis Agency
Simplified Chinese edition copyright © 2023 Shanghai Literature & Art Publishing House
All rights reserved.
著作权合同登记图字：09-2020-159

发 行 人：毕　胜
责任编辑：赵一凡
封面设计：朱云雁

书　　名：笑着告别：法国殡葬师另类回忆录
作　　者：[法]纪尧姆·巴伊
译　　者：李苑菲
出　　版：上海世纪出版集团　　上海文艺出版社
地　　址：上海市闵行区号景路159弄A座2楼　201101
发　　行：上海文艺出版社发行中心
　　　　　上海市闵行区号景路159弄A座2楼206室　201101　www.ewen.co
印　　刷：上海中华印刷有限公司
开　　本：889×1194　1/32
印　　张：9.375
插　　页：3
字　　数：120,000
印　　次：2023年9月第1版　2023年9月第1次印刷
I S B N：978-7-5321-8550-4/I.6738
定　　价：59.00元
告 读 者：如发现本书有质量问题请与印刷厂质量科联系　T:021-69213456

亲历

萤火虫的勇气
我在儿科重症当心理师

海下囚途
豪华邮轮底舱打工记

笑着告别
法国殡葬师另类回忆录

我怎么就不能在那里打工?

即将推出（书名暂定）

舒伯特绷带

狍子人